KB244078

닿은 연만으로도 한 생이 환하겠다

김진수 시집

상상인 시선 070

＊본문 페이지에서 한 연이 첫 번째 행에서 시작될 때에는 〈 표기를 합니다.
＊저자의 의도에 따라 작품의 보조 동사와 합성 명사는 띄어쓰기가 달라질 수 있습니다.
＊작가의 창작 의도에 따라 표준어 및 표준문법에서 벗어나는 어휘나 표현을 허용하였습니다.

닿은 연만으로도
한 생이
환하겠다

시인의 말

그저,
오방색이 좋을 뿐

당신의 마음밭에
손 모은
기원처럼
근간에는 꿈에도 안 오시는

엄니! 올해도 단풍빛이 참 곱네요

차례

1부 무서리 맞아 섶이 이울다

2부 저 물속 그토록 갈망하던,

3부 울 안은 바람조차 숨을 참고

4부 때맞춰 내리는 서설瑞雪이 따뜻하다

1부

무서리 맞아 섶이 이울다

백제의 미소

- 서산마애삼존불

이고 진 무게 한없으나
도드라져
은은하게 번지는
저 웃음만으로도
억만 가지,
아니 모든 죄업 씻기고도 남겠다

끝끝내 떨쳐버리지 못한
생각 하나
속죄하듯 키웠으니
그 생각 없는 생각이
혹여, 저 미소 훔칠까 두렵다

천여 년 흘렀으니
만 년을 더 흘러도
아니 영원이라 해도 저 웃음 그대로겠다

보탤 것도 뺄 것도 없는
저 눈빛!
저 미소!
마주한 것만으로도
다음 생까지 환하겠다

범종

저보다 더 큰 입이 어디에 있으랴! 하늘로 향하면 욕
심이 커질까 당초문 치맛단 아래 없는 듯 숨기고 세계
를 품는다

저물녘, 새벽에 풀어 놓았던 것을 불러들여 다시 품는
다 밤새 품은 세계가 소리가 되는

한밤중, 귀 기울이면 생황, 수공후* 소리 들리는 듯
들리지 않아 요사채 문고리는 몇 번이고 달그락거렸다

새벽녘, 밤새 품어 숙성시킨 세계를 풀어 놓는다 퍼져
나가

하늘이 하늘 되고,
바람이 바람 되고,
새가 새 되어 날갯짓하는
하루

귓전에 맴도는 소리 한 움큼 잡아 맛을 본다
밤새 문밖이 자그락거리더니 저 종도 나와 같이 잠을

설쳤는지 덜 익어 떫다

　새벽을 밟아 달마산** 넘어가야 하는 걸음은 헉헉거
리고

　큰 입 아래 한껏 입 벌리고 있는
　작은 항아리 속에는 소리가 되지 못한 마음만 그득
하다

* 범종 몸체에 새겨진 비천상이 연주하는 악기.
** 전남 해남군에 있는 산. 미황사가 있음.

천년의 하루
- 내소사

죽어서도 닿기 어렵다는,
능가산 발치에 입맞춤하듯 엎드렸더니
변산 바람꽃이 수줍은 웃음으로 맞는다
피안교, 마지막으로 건너야 할 강폭이 딱 이만큼인가?
큰 걸음으로 예닐곱 떼어놓으니 저쪽인가 싶은,
한 시절 고운 자태 입에 오르내리던 벚나무
둥치에 든 세월 겹겹이어도 다시금 꽃피울 봄날을 밀
어 올린다
천왕문 들어서니
사천왕이 저마다의 표정으로 으름장이라 도망치듯
문지방을 넘는다
생긴 대로 놓인,
크기 또한 제멋대로인 대웅보전과 봉래루의 주춧돌
별자리처럼 틀고 앉아
천연덕스럽게 휘고 이어진 기둥 받들어 섬김이 천 년
이 하루 같다
대웅보전에 들어 비어 있다는 포包 한 자리 찾았으나
나도 보지 말아야 할 것을 보았음인가 헛되다
부처님 뒤편 없는 듯 계신 백의관음보살
마주친 내 눈빛으로

숨어 지내야 하는 한限, 한 줌 덜어내시려나?
호랑이와 파랑새, 흐린 눈에는 보이지 않아
다음을 기약하며 산문을 나서니 들어갈 때 보지 못한
일주문 밖 당산 할배 큰기침으로 부른다
엎어지면 코 닿을 곳에 할매 두고 까맣게 애 끓일,
지척이라 하나 하늘과 땅이라
오가지 못하고 바라볼 수밖에 없는 사이
그나마 다행이다 싶어
잡은 여인의 손이 따뜻하다

사이에 일렁이는 꽃무릇

- 불갑사

손 내밀면 닿을 것 같고
귀엣말도 들릴 것 같은
사이, 잎과 꽃 그 사이가 이승과 저승이다

붉디붉은 마음
알아줄 임 없다고 춘정마저 없을까마는
홀로는 외로워 무리 지어 피었나 보다

꽃잎 하나하나 저리 붉은데
수면에 비친 제 모습처럼
끝끝내 하나 되지 못하는 연緣
못내 애달파
주사朱砂보다 더 붉은,

너울너울 춤추듯 타오르는 불꽃이라

항아姮娥의 시샘인가!
그 흔한 씨앗조차 품지 못했구나

사흘 밤낮 속 뒤집던

내 서러움은 서러움도 아닌 것 같아 오래 바라보지
못했다

몇 며칠 태우고도 부족한 듯 오늘도 타, 천지간이 붉
다

노을 불러들이는 범종 소리 불심 펴 바르니

저만치서 눈웃음 짓는 목백일홍
미워도 내 사랑이라고 곱게 눈 흘긴다

애당초 그 속내엔 내가 없음에도

꽃살의 숨결
- 내소사 꽃살 무늬

손가락 다 벌려 보아도
어깨 짓누르는 적막의 두께
가늠할 수 없어
눈먼 물고기 되어
꽃살에 맺혔다 떨어지는 이슬과 이슬 사이를 잰다

만개한 여덟 짝 꽃밭
빛 펴 바른 민얼굴 만져 보니
사위지 않은,
뽀얗게 젖살 오른 갓난아이 살갗 같아라

늙은 소목장의 믿음인 양
문살에 매달려 핀 연꽃과 국화
빛바랜 꽃송이, 우러나는 천여 년의 향이 다정多情이라
꽃살에 노닐던 햇살
열린 문틈 사이 들여다보더니 눈 휘둥그레져 비켜선다

피안에 들어서도
오직 한 곳만 바라본 해바라기
구름 낀 날이 많았음인지

잎 떨어지고 꽃잎 또한 시들한 게
가을바람에 섦이 졸아든 나 같아 한동안 바라보았다

극락도 속세처럼 빛이 닿지 않는 곳이 있음인가?

애잔한 연緣이 한쪽 끝을 잡고
갈 길 바쁜 마음을 헤집는다

눈은 멀어져도 마음은 거기에 머물러
천여 년 꽃으로 피길

부처님도 비켜앉은
- 부석사 무량수전

소백산 잔가지에 봉황이 내려앉았다

꽁지깃부터 거슬러 올라야 보인다기에
발품 판, 딱 그만큼만 보여준다
액자 속 그림 같은
9품 계단 밟고 올라 극락에서 마주하는
석등, 화창에 들어앉은 네 글자
무량수전無量壽殿, 꿈틀거리는 천하의 배후가 된다
중년의 후덕함은 배흘림이라
속마음 눈에 띄지 않을 만큼 틀어 앉았다
이만큼 당겨 앉으라 애써 달래도 눈길도 안 준다
한껏 펼친 추녀 날아갈까 붙잡고 선 팔각 활주
저린 발 연신 꼼지락거린다
벌어진 문틈 사이 있어야 할 분이 안 보여
고양이 눈으로 찾으니
그분 또한 서쪽으로 비켜앉았다
어여쁜 선묘 낭자, 일편단심에 토라지심인가?
전각 속 여덟 여인 죄인처럼
텅 빈 천장 떠받침이 애처롭고
기름먹인 바닥은 유리처럼 반질거려 낯설다

손 모아 뵙고 배흘림기둥에 기대서서 앞을 바라니
무릉도원이 예 같은가?
남다른 선경에 말을 잃는다
때마침 쏟아내는 범종의 울음에 불리어 나온 저물녘
일 획으로 그은 안양루 용마루에 걸치니
하안거 마친 목백일홍
제 꽃보다 더 붉음에 서럽게, 서럽게 운다

억겁임을 모르고
고작 백날을 가지고

온새미로 지는 동백
- 선운사

일주문 넘어서면서부터 찾았다

눈 밝은 어느 분이 보았다는,

숲에 들어 퍼질러 앉아 울고 있을
꼭 나 같은

그렇고 그런 사내, 사랑에 우는 게 어찌 사내만이런가!
예제서 들먹이기에
산다는 게 다 그런 거라고
등 토닥이자 아예 목을 놓는다

그려, 그려 실컷 울어
그래야 누구처럼 까짓것, 까짓것 하며 털고 일어나지

끝없는 울음에 산기슭 붉어지자
몇 며칠 단꿈에 젖어 있던 동박새 넋 나가듯 자지러진다

뭔 일인가 하여 돌아보니
꽃불 옮겨붙은 대웅보전 활활 탄다

〈
어머!
어머!

눈 휘둥그레진 사이
몇 며칠 붉어질 대로 붉어진 여자가 몸을 던진다
툭!
툭!
온새미로

가을 타는 전각
- 상원사 적멸보궁

하늘인가 했으나 하늘 아닌
전각 한 채 오도카니 앉아 가을을 탄다

격해진 숨 돌리자
미처 다 토해내지 못한 생각이 다시 꼼지락거려
찬물 한 바가지 들이켜 눌러 앉힌다

하늘 갔다는 동종 소리
머물러 있는가! 하여
귀 기울여 보아도 들리니 바람 소리뿐
향내만 분분하여

얇은 가을볕 깔고 앉은 늙은 보살의 기도
하늘가에 닿았는지 낯빛이 단풍이다

뒷마당 산그늘에
오롯이 가부좌 틀고 앉은 사리탑 한 바퀴 돌며 알현
한다

하늘에 닿을까 오른 비로봉

삶과 죽음이 더불어 있으니
산 것은 더 악착같고
멸한 것은 멸한 대로 하얀 제 몰골 드러낸다

바다가 보이는 눈앞 풍경이 까무룩하여
적멸인가 싶어 손 뻗어보았으나

하늘은 아직도 저만큼
닿을 듯 닿지 않는

혼불 흐드러진
- 계룡산 갑사

봄빛이 노란색에 먹혔다

온통 노랗다 흐드러진 황매화 혼불 같아 곱다는 말
입에 담지 못하고 하냥 바라만 봤다

황매화, 꽃의 강인함이 승병의 신념과 하나 된다

으뜸으로 오르는 오리 숲길, 치잣물 들인 천을 비집
고 볼우물 짓는 연초록 이파리, 연등과 어우러져 이미
봄이 익었다

풋풋한 시골 처녀가 눈웃음과 함께 황매화 한 다발
전할 것 같은,

봄 마곡 가을 갑사라는 말은 말일뿐
연초록 사이로 드러나는 감춘 듯 보이는 전각의 지
붕이 더 숨 막히는

갑사, 으뜸이라는 이름처럼 지켜온 천여 년이 유구하
다

〈

세월의 때가 겹겹인 삼층석탑
누구를 기다리는지, 보내는지 울 너머를 바라고 선
모습이 어머니 같아 손가락으로 더듬는다

또 어머니다 잊힐 때도 되었건만 나날이 먹물 번지듯
스미어 젖는다

폴짝거리는 개똥지빠귀 울어, 울어 촉촉하게 젖는

참 사내답다!
- 운주사 구층석탑

무릇!
사내라면,
사내라면 저래야 하리
하늘 어깨에 둘러메고 잇새로 새는 신음 참는다
힘드냐고 물으니
어깨 추스르며 씩 웃는,

사내라면,
사내라면 이래야 하리
천여 년 닳은 발길, 발길
손 모아 빈
삶의 질곡 온전히 움켜쥔 채
혼자서 삭인,

다 내어주고도
더 주지 못해 미안해하는 등 굽은 아버지 같은,

세상 변두리에 서서
세월의 회유에도 흔들림 없이
속속히 꽃 흐드러지고

〈

떠꺼머리 시골 머슴 같다느니,
된장 속에 박아놓은 무장아찌 같다느니,
텁텁하면서도 강인한 남도 사내 닮았다느니,
입방아 찧고 치 까불어도
못 들은 척 먼 하늘 바라는 게

참 사내다!

명색이 사내인 나도
쌓고 허물기를 육십여 년
사뭇 부끄러워 오늘 밤 저 같은 탑 하나 쌓아야겠다

내리는 달빛이 교교皎皎하다

아홉 번의 기다림

무던히도 참고 견디었다

스승과 불명佛名을 구하고자
아홉 번이나 공양간 가마솥 걸기를 주저하지 않았던
구정선사의 절실함

하늘과 땅 품으려
아홉 번 덖어지는 가마솥 속 지옥을 마다하지 않은
차茶의 너그러움

탁월한 약성 지니려
아홉 번 쪄지고 말려지는 고통 묵묵히 이겨낸 홍삼의
참을성

부처님의 부름을 기다리며
매일 밤 주변을 아홉 번씩 맴돌았던 아난존자'의 그
윽함

아홉 번의 기다림, 기다리게 하고 기다려 준 여유가
아리고 향기롭다

〈

누군가의 마음을 얻기 위한,
나름의 향기를 얻기 위한,
절실함과 그윽함이 단 한 번이라도 내게 있었던가?

향기 하나 품어 보지 못한
나는,
어느새 갈바람에 꽃대 요량 없이 흔들리고
무서리 맞아 섶이 이울고

* 부처님의 사촌이며 십대제자 중 한 분. 총명하여 질문이 제일 많았다 함.

싱잉볼

한아름 우주고 태초太初의 소리입니다

모나지 않은 안녕이고 위로입니다

넓이와 깊이를 가늠할 수 없는 어머니 배 속입니다

떠도는 수증기였다가 잎사귀에 맺힌 새벽이슬이었다
가 허공을 씻기고 빗질하는 빗방울입니다
도랑물이 되고,
실개천이 되고,
냇물이 되고,
강물이 되고,
바닷물이 되었다가 다시 하늘 오릅니다

어둠이 가시고 새벽이 열립니다
희뿌연 빛의 향연입니다
간결한 음률이고 긴 여운의 울림입니다

나비가 날갯짓합니다
하나둘 모여 춤을 춥니다

높이 날아 여백이 되다 햇살에 바스러집니다
눈이 되어 내리고 꽃으로 핍니다
온통 하얗습니다

젖고 젖어
긴 여운餘韻으로 남는

부석사 연가

모름지기 사랑은 이래야지 싶다
한 번 준 마음이기에
죽어 용이 되고,
뜬 바위 되어
천여 년 오직 한 사람 곁을 지킨,
그 사랑 눈 뜨고 볼 수 없다고 비켜앉았다

모름지기 신의는 이래야 한다
한 번 받든 마음이기에
앞마당 한가운데 보란 듯이 서 있을 수도 있으나
이제나저제나 기다리는 아난존자처럼
무량수불 눈길 머무는 곳
거기에, 없는 듯 비켜 서 있는 삼층석탑
그 신의 도타워 그분도 내내 웃음이다

은근한 미소에 눈치를 살피던
24명의 아낙, 치맛자락 여미었던 손 놓고
남사스러운지도 모르고 까르륵 웃는다
벌어진 옷깃 사이 얼핏 드러난,
만져 보고 싶도록 도드라진 배

얼결에 곁눈질한 목백일홍
못 볼 것 본 아이처럼 붉어지고

한 번도 사랑에 목숨 걸어 본 적 없는 나는
백 번, 천 번 아니라 해도
불뚝거리는 춘심에 부른 배 몰래 쓰다듬었던
헛된 여름날을 지운다

언제쯤 오시려는지?
- 송광사 고향수*

올해도 틀린갑소
잎은 지고

임의 말씀 죽음으로 따랐고
이제나저제나
팔백여 년 하루 같았소

얼마나 더 기다려야 하는지요?

길 멀어 중간에 새참이라도 드시는지
아님 죽고 못 살 처자라도 만나 한 살림 차리셨는지

오시기는 오시는 건가요?
여태 기다렸는데
또 그만큼이라 한들 뭔 대수겠소만
설마 하는 그 눈빛에 가슴 덜컹하네요

우듬지에 걸리는 바람이 차네요
머잖아 눈이 오려나
〈

이왕지사 늦은 거
눈보라 속 헤매지 말고 봄바람 불면 그때 오소

그 사이, 나도 분단장이나 할라요

* 보조국사가 꽂아놓았다는 지팡이가 움이 터 나무가 되었다가 입
적하시자 죽었다 함.

마주 보고 웃는
- 마애여래불

미소는
늘 마음속에 있으니

형상은 저마다 다르나 뜻은 하나라

앉아서도 웃고
누워서도 웃고
서서도 웃으니

막 이슬 털고 올라온 빛이
모아 쥔 손에 고여 헤실거리자

흘러내린 법의 자락 헤집던
바람, 머쓱한 낮빛으로 적멸에 든 나뭇잎 구석으로
모은다

한 줌 늦가을 볕에 익어 가는 말씀은

해마다 하나씩 품었어도
까치밥 속 터지는

〈

어제, 오늘 그저 웃고만 있다

한낱,
바위이고 절벽인 저 부처는

꿈 아닌 꿈을 꾸었으니

가장자리인 거 같으나 중심이다

해자라 하기에는 얕고
계곡물이라 하기에는 인위적이다

끌어온 물길인가?
자연 그대로인가?
설령 차경借景이라 해도 지금은 자연이니

삼천교 둥실 떴고
갓 벌어진 연꽃 한 잎인 듯 우화각˚ 깊고 그윽하다

우측에 드리운 나무 그림자 끌어들여
여백을 채우고

그림자 가지고 노는
물고기 몇 마리, 휘젓고 다니며 화제畫題를 쓴다

절묘한 시구와 수려한 글씨에
물소리 잦아들고

지나는 바람조차 숨을 참는다

이때다 싶은 풍경 소리
붉은 도서로 마무리하길 기다리나 처마마다 빈 추녀라

돌 하나 던져 도서를 찍는다

순간, 넋 놓았던 꿈이 일그러지는

* 순천 조계산 송광사 진입 다리와 초입의 전각.

바람의 처소
- 무량수전 배흘림기둥

예전에,
예전에는
앞산이
지금보다 훨씬 높았다 했다

하늘을 떠받치고 선 24명의 아낙
살아야 했고,
버텨야 했기에
산을 깎아 주린 배를 채웠다 했다

산은 점점 낮아졌고

이른 볕을 쫓는 새 우짖어

아침잠 많은 그분
아낙들 배에 바람을 불어넣었다 했다
아랫배 볼록하니

그 후
아낙들은 늘 배불러 있었으므로

〈

산은, 산이 되었다 한다

높지도 낮지도 않은
당신의 늦잠 깨울 딱 그만큼의

2부

저 물속 그토록 갈망하던,

목木 사자상

한 자락 열면 극락이요 닫으면 지옥인 것을

송곳니 드러내고 눈알 부라렸으나

입꼬리 올라간 웃음은
또 무엇이람?

걸친 꽃목걸이
꽃, 잎잎이 은혜요
드러난 결, 결이 말씀이라
이미 산사를 삼킨 울음
담을 넘어

울 밖에서도
두 손 모으고
머리 조아리니
더는 울부짖지 않아도 되겠다

놀라 깬
청동 물고기 제 울음 삼키는

내 몫이 아닌 하늘
- 정림사지 오층석탑

눈길 닿는 층층이 하늘이다

몇 생을
한자리에 앉아 버리고 버린 것이
고작 다섯 하늘 열었으니
마지막 하늘은 언제쯤 볼 수 있을꼬?
몇 생을 거듭 잇는다 해도
아니 영원이라 하여도 요원하겠다

짊어진 하늘만으로도
힘겨워 보여
수십 칸 절집 허물고 사위마저 물렸건만
인과 연은 날로 잇고 이어져
낯빛 흐려지니
나머지 하늘
어쩜 내 몫이 아닐지도 모르겠기에

꿈속에서나마 볼 수 있으려나
천여 년, 달라붙는 불면 뜯어내고
이미 이울고 있는 달을 불러 답을 구한다

〈

설핏 든 잠 속
천년 산 목어 짝 찾는 소리에 묻어 떠도는 서사
분분한,
주춧돌만 남은 본당에서 들려오는 한 마디, 또렷한

부질없다!

너무나 생생하여
올려다본 하늘이 온통 핏빛이다

정토淨土

청량한 가을 아침,
붉은빛의 조화가 예사롭지 않다
첩첩을 헤집고 갈마들던 안개와 구름 걷히자
헉! 숨이 멎는
정녕, 어디가 물 밖이고 어디가 물속입니까?
그 경계를 허물고
막 데워놓은 듯 피어오르는 물안개가 치명적이다
눈을 뗄 수 없어 오래 숨을 참았다
수면, 그 밖의 경계가 손에 잡히지 않아
물속의 나무가 나무인지 정령인지 모를
주산지, 여기가 그토록 갈망하던 정토淨土인가!
물 밖도 붉게 타고,
물속도 붉게 타니 덩달아 나도 붉어진다
발치까지 붉어진 산빛에 눈망울마저 활활 타
엎드려 눈 씻으며
한 모금 맛을 보니 천지간이 목줄을 타고 넘는다
시시각각으로 연출되어 눈물샘 자극하는
풍경, 이 기막힘을 품고 사는 가슴은 얼마나 절절할
까?
하늘이 그 속에 있으나

천 길인지 만 길인지 가늠할 수 없어
그저 발 담그고 서서 흔들리는 그림자 하나 갖고 싶다
그냥저냥 물가에 넋 놓고 앉아
해를 지우며
고즈넉한 사위四圍에 스미어 나를 지운다
애초에 풍경만 있고 나는 없었음을

관음의 흰 옷자락 같은,

- 정방폭포

하늘거리는 관음의 흰 옷자락 같은,

　생황, 수공후 소리 머금었다가 한숨에 토해내는 범종
소리 같은,

　천 개의 손
　쉼 없이 오르내리며 죄업 씻어
　천 길 벼랑 떨어져도
　털끝 하나 상한 곳 없이 제 모습으로 흐르는,

　하늘거리는 옷자락 사이
　언뜻언뜻 드러나는,
　씻고 씻어도 씻기지 않아 가부좌 틀고 앉아
　온전히 물을 맞는 저 과묵한 행자

　기도가 닿았는지

　폭포 위 둥실 뜬
　달, 지은 듯 만 듯한 그 미소 달빛에 묻어 내린다
　〈

보리의 가르침을 구하는 선재* 되어 합장하고 소沼에
얼굴을 담는다

물은 하늘에서도 물이었고 땅에서도 물이니 하늘의
달과 물속의 달은 하나일까요?

찰방거려봐도 달은 거기에 있으니 경계는 처음부터
없었다

이는 물결 또한 제 갈 길 가는 것이라

경계에 갇히었던,
오래된 물음은 더 큰 물음이 되어 바다로 가는

* 불교 화엄경 입법계품에 나오는 젊은 구도자 이름. 깨달음을 얻기
위해 53명의 선지식을 찾아가 법을 구한다.

참숯

한마디 게송偈頌도 없었다

5박 6일
꼬박 불 댕겨

제 몸 온전히 공양한
수백 등신불 가부좌 틀고 앉았다

안으로, 안으로 삼킨 신음
열반송 되어 총총하고

내내 매달려 있던 하 많은 생각
다 떨구고도 얻지 못했던

깨달음, 때로는 검은빛이기도 하여
온몸이 참이다

참이 되지 못한 깨달음은
부서지거나
동강 나

〈

얼핏, 서로가 서로에게
어깨를 내어주고 보듬은 것 같으나
온전히 홀로 선

한 생
다 비우고 사위어도
한 치 흐트러짐 없는 저 꼿꼿함

타고 또 타
비로소 내가 되는

붉은 끈으로 엮인

기다리고 기다린,
있는 듯 없는

없는 듯하여
때론 덤덤하게
때론 간절하게

나를 당겨
또 다른 나를 찾는다

빠르면 빠른 대로,
늦으면 늦은 대로 간절하였을

너와 나

당신, 언제쯤 그 끈 당기시어
나를 찾으시려나

먼 곳 바라지 마시고
〈

눈앞 나풀거리는 호랑나비 한 마리
설렘으로 오롯한 박꽃 한 송이

어쩜, 그게 또 하나의 당신인지도 모를

산사에 내리는 눈
- 강화 보문사

지그시 눈을 감았습니다

바다를 건너오며,
산을 거슬러 오르며
숨소리마저 버리고 왔는지
소리 없이 내리는 눈의 완성을 위해
속눈썹에 매달렸다 떨어지는
적요처럼
나도 가쁜 숨을 참겠습니다

극치라는 말을 느낄 때는
숨을 깊게 들이마시고 눈을 감아야 합니다

같이 온,
눈치 빠른 보살은
어느새
알아채고 손을 모았습니다

보고 싶었던 염화미소
눈보라로 내리고

멀어진 마음 불러들이는
- 범종 소리

울음을 운다

안으로 응축되었던
소의 울음, 한꺼번에 터져 나오는
일순,
입 다물었던 소리란 소리,
수행하다 그 자리에 멈추어 선
달마산 바위 미륵들,
순례 온 낙엽 서넛,
탑을 돌며 합장한 말씀 듣는다
흐르고 굽이치는,
내내 귓속에서 맴도는
'남 해코지 말고 살어, 악한 끝은 없어도 선한 끝은 있는 거여'
가끔은,
발가락 사이 티눈 같았던
그 끝 모를 소리
입버릇처럼 달고 다니시던

어머니, 너무 멀리 왔습니다!

더는 멀어지지 말라 한 번 더 이르는
종소리 길게 꼬리를 늘이는

귀신사에 귀신은 없더라
- 귀신사

밤사이 모악산이 붉었다
비로자나불의 은혜인가!
귀신의 조화인가!
작지도 않고 그렇다고 크지도 않은,
화려하지도 그렇다고 꾀죄죄하지도 않은,
수수한 시골 아낙 같은
귀신사, 천삼백여 년을 살았으면
그 귀신 요사스럽기도 하련만
본디 성정이 선했음인가?
아님 어느 문 뒤에 숨어 때를 기다림인가?
둘러보아도 귀신은 아니 보이고
떼지어 다니는 믿음도 없는
오후 4시,
허리 굽은 햇살에 목줄 묶인 채
두 손 모으고 엎드려 조아린 누렁이
신실한 믿음 깨운 종소리 못마땅한지 길게 짖는다
키를 늘인 석탑 위로 제 그림자 덧씌운 감나무
이미 가을 맛을 본 감 몇 보시한다
대적광전, 하늘 떠받친 기둥에 가려
한 번에 우러르기 어려운,

흙으로 빚었다는 거룩한 분 셋
찰진 독경과 확 흐트러진 종소리 퍼담아 이른 공양
하신다
느닷없이 훅 치미는 허기에
입안에서 겉도는
소망, 되씹는다
꿍보리밥 알갱이 씹듯 뭉긋하게

화엄을 그리는 손
- 단청수

미황사, 천왕문 돌아드니
가림막 틈 사이로 숨이 샌다
들추고 들여다보니
늙수그레한 화공이 쪼그리고 앉아 윤장대에 색을 입
힌다

붓을 든 마음은 가벼운 바람에도 흔들리는지 숨소리
조차 없다

참았던 숨 토하니
엄지손톱보다 작은 하늘에 학이 날개를 펴고,
서까래 마구리는 오방색 꽃밭이다
다포多包 맨 윗단에 한 자 한 자 써넣은 범어가 물길을
내니

손톱 밑에 낀 물감 씻어내듯
업, 씻고 씻어
어두워지지 않은 눈,
떨리지 않는 손,
그 은혜 아래

공들인 세월과 믿는 마음
다잡은 붓끝에서 벙그는 연화 문살

오방색 잎잎이
비집고 들어온 햇살이 경을 새긴다

청아한 독경 소리 사위를 깨우는

부처 품에 부처 안겼으니
- 해남 두륜산 대흥사

큰 그늘에 든 잔 그늘이 짙다

벗어나면 보이고 들면 보이지 않으므로

보이면 보이는 대로
보이지 않으면 않는 대로
잠시 마음 쓴 것만으로도 끝과 끝은 닿았다 하겠다

눈은 멀고 마음은 가까워
있는 듯 없고 없는 듯 있기에

아! 하는 탄성 스민 눈빛으로
우러러본 것만으로도 더는 두 손 마주하지 않아도
되겠다

서 있든, 누워 있든
형상만으로도 불성佛性이라
그 속에 든
돌멩이 하나, 풀 한 포기, 나무 한 그루, 새 한 마리,
벌레 한 마리, 어느 하나 허투루 있는 게 없으니

〈

손 뻗으면 잡힐 듯하나,

둘러 온 길보다 더 먼 인연, 나를 버리고서야 그 끈
이어지니

큰 그늘 속

짙은 그늘 보고 또 우러르니

닿은 연緣만으로도 한 생生이 환하겠다

폐지 속에서 구한 달마

달마는 구겨져도 달마다

폐지함 속에 버려진 달마, 부라린 눈이 매섭다
굳게 다문 입술을 찢고 터져 나올 것 같은

일갈—喝, 귀가 먹먹하다 굵은 먹선으로 윤곽을 잡은
치렁한 가사에다 맨발이다 시린 바람이 한 고패 돌고
나간다 성불은 저리 낮은 곳으로 행하고 다 주어야만
가능한가? 동그란 귀걸이에선 생선 비린내가 물씬했다

'청산은 그대로인데 흰 구름만 오락가락한다' 화제畫題
를 지팡이처럼 들고 떠돌다 인연 따라 내게 왔으니 곱
게 펴

머리맡에 붙여놓고 밤마다 말씀을 듣는다 말씀은 등
댓불이라 깜박깜박한다 바람이 일고 안개가 내려 먹는
다 보이지 않는 길을 간다 가다가 삼천포로 빠지는 여
정, 이미 알고 있었다는 듯 꼭 다문 입속 오래 머문 말
씀은 달콤한 잠이 되는
　〈

한밤, 깨어 처다보니 여태껏 뜬 눈이다 동그랗게 뜬
큰 눈에서 염려를 읽는다 별과 달이 빠져 영롱하고, 새
가 헤엄치고, 청동 물고기 하늘을 날고, 꽃들이 노래하
는,

그 눈 속으로 빠져든다 짧은 꿈이 한 생이다

숨은그림찾기
- 암자

어찌 보면
숨은 은거지 같기도 하고,
꼿꼿이 앉은 구도자 같기도 하고,
또 어찌 보면
숨어 핀 들꽃 같기도 하고,
은밀하게 숨겨놓은 숨은 그림 같기도 한

나를 모르겠기에
구하고자 묻기도 전해 지은 저 미소의 의미는?

가까운 듯 아득한
미소, 손 내밀면 잡힐 듯하나
나는 댓돌 아래 굴러다니는 낙엽 같아
이생에선 손톱달만큼 가슴에 들이는 일도 쉽지 않겠다

마음 가는 곳에
어쭙잖은 나 엄지손가락 한 마디만큼 떼어놓고

훗날 다시 데리러 오마고
다짐에 다짐을 남기고 가는 어미처럼

일주문 나서며
돌아보고 또 돌아보는 나를 보내고

다시금
찾을 수 없는 숨은 그림이 되어
아무도 찾지 못하길 바라거나
쉽게 찾아주길 기다리거나

목백일홍

스님! 불 들어갑니다

다 벗어주고
불꽃으로 타올라
하얗게 뼈만 남은

죄 많은 허울이어라

백날 붉은 것은
버리지 못한 자기연민이라

아침나절, 마른천둥으로 운 마지막 고백
천상에 들어

밤하늘
빛나는 저 사리들

백 일 동안 불꽃으로 타

쪽빛으로 번지는

넋!

빛으로 나려

닿는 곳마다 꽃으로 피는

춤추듯, 취한 듯
- 내소사 대웅보전 현판 글씨

하늘을 향한 원망이런가 휘청이는 마음을 읽는다

살아도 산 게 아닌,
죽지 못해 연명한 하루하루가 지옥이었으리

시절이 하, 수상했다
뜻 없이 뱉은 말 한 마디 날 선 칼이 되어 돌아왔다

신명 난 칼춤에 보듬던 살붙이 졌으니

지난한 흔적 지우듯 씻고 지웠으나 더 선명해지는
울혈

남녘 바다 파도는 그렇게 씻기고 몽돌은 그렇게 울
었다

붓이 통점이고 유일한 위로였으리

글씨는 마음이라
덩실덩실 어깨춤 추고 사뿐사뿐 즈려밟고 싶은, 술

몇 잔에 불콰해진 걸음이었을까

흐느적거리나 흥타령 한 자락 읊조릴 것 같은,

불콰해져 지어미와 딸애 기다리는 집으로 가는 걸음
이 저랬으리

눈 감으니 나를 위한 위로다
손가락 한 마디보다 짧은 생 취한 듯 살다 가는 것
도 나쁘지 않을 터

미움도 원망도 마음에 있는 것을

* 원교 이광사(1705~1777) 씀.

잠들지 못하는 저 불빛은
- 남해 보리암

남빛 비단에 박箔으로 얹히는 은빛 윤슬
저 은밀한 유혹 내 어찌 감당할꼬

사선대, 만장대 할딱거리며 오른
청아한 호드기 소리
그 절절한 고백 몇몇 날 씻어야 말갛게 지워질까!

금방이라도 가부좌 풀고
보광전 연화문 열고 나오실 것 같은
가깝고도 먼,
두 뼘도 채 안 되는 품에 세상을 품으신 그분 여전히
웃음이고

극락전 팔작지붕 거슬러 오른 바람 그 뒤편 우뚝
광배처럼 숫은 대장봉 오르는 가쁜 숨소리, 휘파람새
소린지 가늠하기 어려워

염원의 불꽃 커지지 않는
해수 관음, 그 얼굴 우러러볼 수 없기에
삼층석탑 서성이다가

한 발짝도 내디딜 수 없는 벼랑에 걸린 눈썹달 건지
려다 내려다본

저 아래, 잠들지 못하는 불빛들

아직 돌아오지 않는 누구를 기다리는,
꼭 돌아와야 할 누군가를 위한 마음인가!

그렇지 않고서는
어떻게 저토록 환하게 불 밝히는가!
어떻게 집집이 저리 오래 켜 놓는가!

사위지 않고 타는 화엄매

구례 화엄사
각황전 옆 홍매화가 유명하다기에
벼르고 별러 갔더니만
몇 송이 벙글었을 뿐, 뿐, 뿐
섬돌 아래 서서
붓질하는 화가
대문짝만한 화폭, 붓끝에서 피는
매화가 더 요염하다
각황전 법당 안
법문하던 스님이 우스갯소리로 눙치자
그분이 웃고
중생들 빵빵 터지고
앞뜰
연꽃 속에 서 있는
석등, 화창火窓에 들어앉은 홍매화
오늘 밤 활활 타겠다
그 불길에
민낯의
각황전, 원통전
내일 환속하겠다 하겠다

좌종 坐鐘

그냥 퍼질러 앉아 울었다

담묵 淡墨 한 방울
뚝!
어둑새벽 번지는
물 먹은 화선지에
너풀!
꽃잎 하나
깊다!
끝간데없는 세월이 깃들면
한 恨 도
그리움이 되듯
나이가 들면 울음도 소리 喎 가 된다
가을 아침
강가의 물안개처럼
골골이 번지는
붉은 울음

어느 날 툭 터진
목청 같은

팔만대장경

산 벚꽃 냄새가 은근하다
등걸로 짠물에 들어 다지고 다진 심결이 하늘이다

경이 아닌 염원이었으니 한 자, 한 자 칼이 되고, 창이
되어 베고 찌르며 화살이 되어 날아가길 바랐을 터

한 자, 한 행에 심었을 서각장書閣匠의 마음은 천심이라
꽃으로 피었으니

가슴으로 보듬었으나 품 안에서 살기를 강요하지 않
았다 침침한 수장고 안에서 더 나은 세상을 이야기하며
다만 웃음으로 남기를 바랐을 뿐

하 많은 세월, 하 많은 선자禪者가 탐독했으나 깨달음
은 그들의 몫

읽히지 않아도 경經은 경이라

없는 듯 있었으니 들락거리는 바람의 전언에 따라 어
떤 날은 맑음이고, 어떤 날은 흐느끼므로 애달픔을 지

웠으며, 흐트러짐 없는 수행은 현재진행형이라

별 좋은 몇몇 날 밝음을 가슴에 들여 경다운 경이 되어

믿는 마음을 넘어
한 자, 한 자 법력이 닿는
세상 곳곳, 화엄의 꽃이 흐드러지길 바라고 또 바라는

3부

울 안은 바람조차 숨을 참고

석굴암

붉은 천심天心
푸른 솔기 뚫고

둥실 솟구치자

연꽃 위
그분이 말갛게 웃으신다

깊고,
깊고,

맑다!

온 세상이 환해지는

비손

여명이 조심스럽다

문지방 넘는
여민 치맛자락 끌리는 소리에
문고리조차 입을 다물었다

새 물 한 그릇,
어제를 태운 촛불 한 축 그게 다다

한 끼 밥에 닳은 손금
마저 달아
온전한 하루가 없음에

그저 새끼들 무탈하기를
빌고 빈

그 외, 더는 욕심이라
차마 입 밖으로 내지 못한

염원, 구름 되고 바람 되어 떠돌아

〈
밥은?
아픈 곳은?

별이 된 하늘에서도 이어질

낮달도 머물렀다 가는

- 골굴사 마애여래좌상

먼먼 옛날,
천년보다 더 이전에 다녀가셨다는
큰스님 발자국 당겨 디디며 가파른 길 오른다

숨이 하늘에 닿아 앞서 오르는 봄 햇살의 꽁무니 움
켜잡는다

빛 닿은 곳곳이 부처다

둘러, 둘러 마주한
눈, 금방이라도 떠질 것 같아 눈 돌린 하늘엔 차오르
기 시작한 낮달이 묽다

쉬었다 가라 하나
눈에 보이니 닫힌 절벽뿐이라
그윽한 눈빛과 속을 내보이지 않는 미소는
늘 내일일 뿐 오늘이 아니기에
새 또한 깃을 접지 않았다

까맣게 덮어오는 비구름 같은 생각

웃음으로,
눈빛으로 지울 수 없기에

우매한 염려로 더는 절벽이 아닌 절벽이 되었으니

깨달은 듯 앉아 있었던 시간이 헛되다

천국의 계단을 오르면
- 내장사

활활 탄다
단풍빛 스민 가슴이 지옥이다

일주문 지나 단풍나무 길로 간다
그냥 걸어도 좋고
헤며 걸어도 괜찮은 단풍나무 숲길

그 끝에 닿으면 겹겹이 껴입은 허울 벗을 수 있을까?

제 발 저려 쫓기듯 천왕문 지나,
진신사리 모셨다는 사리탑에 합장하고 정혜루 문턱
을 넘는다

울 안은 바람조차 숨을 참고 깨금발 딛는다

천년 고찰 내장이라는 이름에 걸맞은 문화재 하나 없
음이 부끄러운 민낯이다

물이 부족한 터인가?
앉은 자리 연꽃의 중심인 샛노란 꽃심心이라 시샘이

많았음인가?

관음전에 입정하신 천수천안관세음보살
없는 듯 지은 그 미소 자비롭고 아름다워 그 이름 열
번쯤 입에 담고 돌아서니

컨테이너로 대신하는 대웅전, 그날의 통곡이 아련하고
그 울음, 계곡물 소리와 합쳐져 천지간을 깨운다

세 갈래 중 밟아보지 못한 길 언제 밟아보려나?

기약 없는 기약만 남겨놓은 그 마음 아는지 하늘이
기어코 눈물 쏟는다

치솟던 단풍 불 잦아드는

재래시장에서 만난 관음보살
- 부처님 오신 날에

재래시장 어귀 몇몇 난전, 구겨진 신문지를 펴고 두
발 뻗고 앉아 더덕을 까는 할머니, 한 됫박씩 담긴 곡
물 몇 가지와 푸성귀 네댓 가지가 전부인, 반 평 남짓
한 난전이 그녀의 법당이고 깔고 앉은 종이상자가 연화
대라

침식당한 눈가의 깊은 여울에서 어짊을, 나무껍질 같
은 손등에서 덕을, 고봉으로 담아진 됫박에서 인정을,
종이상자 줍는 노인에게 덜어 내주는 배추포기에서 자
비를, 덤으로 얹히는 안부가 찬불가요 조곤조곤 건네는
덕담이 경전이거늘

누구에게나 있는 눈물 그녀에게도 있었으니 좋은 옷
한 벌 입어보지 못하고 앞서간 영감 불쌍하다고 한 잔,
젖배 곯아 무시로 병치레하는 아들 내 탓이라고 한 잔,
주름 깊은 눈에 눈물이 섥고

법문하는 큰스님처럼
할머니는 곁에 앉아 졸고 있는 강아지 머리 쓰다듬으
며 연신 구시렁거린다

네가 불佛이다
네가 불不이다

향일암

묻도 아닌,
그렇다고 섬도 아닌

거북 등을 타고 오른다
계단을 오르고
틈새 길을 빠져나와 숨 돌리니

눈앞 저기, 저기, 또 저기 섬, 섬, 섬

그 너머 붉게 솟는
해를 담으려 해를 지운다
못 담는다 해도
눈에 보이는 것만으로도 잘 차린 한 상이다

갓밝이에 널어놓은 남빛 천
윤슬로 은박을 없는다

햇살 품은 민낮의 대웅전
방긋, 터지는 연화 꽃망울 영롱하다
〈

해를 닮은 사람들 대웅전에 들어 저마다 바람을 푼다

등촉 밝히지 않아도
동백은 지고

거북은
언제쯤 참았던 숨 돌리려나

안녕의 도량
- 금강산 건봉사

골짝을 거슬러 오른 한 잎 바람
산기슭에 널어놓은 회색 장삼 끝내 품은 물 쏟는다

빗살무늬 사이로 내리는 한 점 볕뉘, 화엄 정토가 여
기로세

비에 젖어 우는,
만해 시비 흐르는 눈물 닦을 줄 모르고
젖어 질척거리는 발길 인도하는 탁한 독경이 걸음을
재촉한다

그 옛날, 삼 천여 칸의 영화는 남겨진 사진 속 우람하고

불이문 들어서니
생과 사, 만남과 이별 또한 둘 아닌 하나라
해탈문 너머
옛터의 흔적은 주춧돌뿐이라 흥망이 화창한 봄날의
꿈이로세

허허로운 대사의 웃음은 여울로 굽이치고 승병의 외

침 잎잎이 푸르다

  개울 건너 오롯한 대웅전 현판 글씨
  여의주를 물고 하늘 오르니 금강산의 배후가 여기 있음
이라

  마당에 목매단 염원은 공생의 불 밝히고
  돌확 속 석간수 흘러 갈증 난 길손을 맞는다

  제 울음 거두어 드리는 범종을 뒤로하고
  적멸보궁, 옛길 짚어 오르니 비우라, 비우라 뻐꾸기 운다

  문 너머의 진신사리 못내 아쉬워 머뭇대다가
  본 만큼만 가슴에 담고 나서는 산문 옆 숲에서 놀란 꿩
울음이 산을 넘는다

  종일 빗살무늬 사이를 헤집는 어눌한 독경에 미처 버리
지 못한 마음 하나

  울컥, 터져 나오는 울음이다

무소유의 불일암

대숲 길, 짧지도 길지도 않은
저 은밀함에 떼어 놓는 걸음조차 은밀해지는,

서걱거리는 틈새를 비집고 들어온 바람과 볕이 홀쭉
하니 야위었다

걸음마다 따라붙는 시름
흥에 겨워 덩실거리는 댓잎에 한 줌씩 덜어낸다

댓잎은 건네받은 시름이 무거운지 이내 고개 푹 숙이
고 묵언 수행 중이고

예나 지금이나 그 모습인 나무 댓돌 위 흰 고무신 한
켤레 적요를 게워낸다

읽고 읽었던 무소유,
누군가의 여백으로 살다 작은 액자 속 흑백 사진으
로 남으신
스님, 웃음조차 나눠 주시려 넉넉하게 웃으셨다
드러내 놓고 맵시 자랑하는 붉은 모란과 웃음 내기

라도 하듯이

생전 따뜻한 눈빛으로 은혜받았으므로
기꺼이 그늘 한 자리 내어주었다 돌려받은 후박나무
스님 옮겨 앉은 곳으로 향하는 잎잎이 촉촉하다

묵언이라는 푯말이 아니어도 절로 입이 다물어지기에

한마디 남기고 가라 펼쳐놓은 노트
하찮은 흔적, 욕심 같아 붓을 들지 않았고
가져가라고 놓아둔 책갈피, 그마저 들고 오지 못하고

추녀 밑 이 빠진 기와 여섯으로 피운 연꽃 속 수술
하나 그려 넣었다

마냥 웃고 계신 스님 홀로 두고
되짚어 오는 길
이따금 꺼내 보려 몰래 갈무리한 웃음이
내딛는 걸음마다 꽃으로 벙그는

춤추는 소나무길 끝에 닿으면
- 통도사 자장매

어귀부터 겸손이다
소나무 한 그루 허리 굽혀 오가는 손을 맞는
무풍한송로, 그분의 은혜가 그리우면
느릿느릿 걸어보든가,
저만큼 비켜 앉아 느껴보시라
휘고 비틀린 소나무 그냥 저리 된 게 아닐 터
음악은 어디서 울리고
바람은 어디서 일렁이는지
하나같이 저마다의 모습으로 춤을 춘다
누웠다, 일어나고 다시 눕는
이따금 우는 산까치 추임새 넣으니 솔향에 취한 나도
얼씨구 좋다
무심한 듯 내딛는 걸음에 의미를 담지 않으니
소나무 길 끝나는 곳에 계시다 하는
그분, 오늘은 어떤 웃음 지으셨을까?
일주문 넘어 드니 졸졸거리는 개울물 소리
나 몰래 묻어온 부정不淨을 씻긴다
부릅뜬 사천왕 눈길 피해 쫓기듯 천왕문 넘어서니
곁눈질에 들어오는, 저만치 비켜선 매화 두 그루
한 틀 속 다소곳하게 어우러진다

106

둘 아닌, 치솟은 전각의 추녀와 푸른 하늘까지 넷이
하나 된다
영각 앞 자장매, 붉은 꽃송이, 송이
항아姮娥의 헌신인가!
그 빛에 산사山寺마저 넋을 놓았다
보이는 대로가 의미라
매화마저 동안거 깨고 나와 화두에 답을 하니
진신사리, 금강계단 아니라도
불 밝힌 꽃송이 하나, 하나가 말씀이지 싶다
바스락거리는 마음에 꽃 한 송이 들인다

산의 입속으로
- 경주 남산

바람이 간 길을 짐승이 가고
짐승이 간 길을 사람이 간다

경주 남산에 오르는 사람들
저마다 가슴팍에 커다란 돌덩이 하나씩 품고 오른다

골 골, 산등성이 등성이마다 들어앉은
바위, 부처 아닌 게 없으니
산에 들어 손재주 좋은 석공이라도 만나
가슴팍에 박힌 돌
부처의 형상이라도 얻으면
부처가 되고저
몇 번이고 갔던 길 처음인 척 두리번거리며 간다

살아서는 웃지 못하는 한낱 돌멩이다가
보일 듯 말 듯 지은
그런 미소 얻고저,
남산이라는 절집 하나 갖고저
수고를 마다하지 않는 산부처들
〈

　　골 골, 산등성이 등성이마다 이어져 간다 바람이 간
길을 짐승이 가고 짐승이 간 길 선승이 가고 선승이 간
길 사람이 간다 사람이 간 길 사람이 가고 짐승이 가고
바람이 가고 그렇게 가고 간다 때론 혼자서 때론 함께
끝없이 이어져

　　수십 개나 되는,
　　커다랗게 벌린 산의 입속으로

꿈이려니 했으나 꿈 아니었음을
- 백양사

선잠에 든다

맞닥뜨린 눈앞의
숨 졸아든 연못 속 파문에 흔들리는 쌍계루
그 너머 날개 펼친 학 한 마리,
시리도록 푸른 하늘,
셋이 하나 되니
여기가 꿈에서나 볼 수 있는 선계仙界인가 싶다

연못 한가운데 뜬 섬 속 한껏 뽐낸 나무 한 그루 예
사롭지 않으니

벽화 속 설법을 듣던 양은 어디 가서 찾을꼬?

고고한 고불매* 몇몇 보일 듯 말 듯 벙글었을 뿐
매혹적인 모습은 아직이기에
풍경은 내일 또 다른 모습일 터 길 잃고 헤매지는 않
을는지

못에 비친 내 그림자

길 잃은 양 한 마리 거기에 있어
입 모아 불러도 미동도 없기에
돌 하나 던지니 그제야 일그러진 얼굴로 엄마를 찾
는다

애절한 양 울음소리에 눈을 뜨니

나뭇가지에 매달린 건 붉은 가을이었는데
매화나무에 어깨 걸친 봄이 점점이 붉다

저 멀리, 사리탑이 목을 빼고 깨금발로 내게 오니

울 밖 비자나무만 한 여름이다

* 백양사 경내에 있는 수령 350여 년인 홍매화, 천연기념물 제486호
지정됨.

두물머리를 그리다
- 남양주 수종사

그 종소리 어디서 들을꼬?

댓돌 앞 풍광은 그대로인데
그 옛날, 나라님이 들었다는 물방울 종소리는 간 곳
없고
귀 밝은 그분이 하사했다는
은행나무, 오백여 년 세월 속
갖가지 서사를 주저리주저리 매달고도
천년이 별거냐고 저리 꼿꼿하다
눈에 쏙 들어오는 두물머리
먼 길 돌아온 남녀의 격렬한 포옹이 꼴 시리다
그 오랜 세월 밤낮없이 들은 남녀상열지사
신물 나기도 하리오만
하루하루 새로운지 잎잎이 귀를 세운다
불뚝거리는 아랫도리 움켜잡고
산기슭 거슬러 오른
바람, 숨돌리고 가라 내준 그늘에 앉아
못 볼 거 봤는지 씩씩거리며 한숨을 내쉰다
허구한 날 뒤척인,
일렁이는 이야기 사이 허기진 햇살이 걸음을 재촉한다

제 키보다 길게 드리운 그늘에 든
삼정헌*에 앉아 통유리창 너머
두 물 하나 되는 풍경에 눈멀고
아린 마음 다독거리는 은은한 해금에 취해
뜨거운 찻물 홀짝이니
추녀 끝 눈먼 청동 물고기
짐짓, 그 속내 안다는 듯
부질없다!
부질없다!
청아한 울음 우는

* 수종사 내 찻집.

연꽃잎으로 떠받친 하늘이 정토다
- 송광사 대웅보전

일주문 들어서는 일은 마음에 연꽃 한 송이 들이는
일이다

연꽃잎 한 장씩 벗겨내니
잎잎이 화엄이라
스무고개 같은 말씀 하나, 하나 풀어내며 다다른 꽃
가운데
그 통점에 이르자 입은 말을 잃었다

108평, 크다 하니 능히 땅이요 전면 7칸 측면 5칸의
아亞자형 전각, 중심점을 지나는 선분 X, Y축으로 접으
면 한 치 어긋남 없이 아귀가 맞는, 네 귀퉁이 어디서
바라보든 넘침도 부족함도 없는 똑같은 하늘이라

삼세불*이 한 곳에 자리 잡으셨고
그 사이사이 4 보살** 머무나니 과히 정토라 하겠다

꽃 안에서는 옳고 그름이 따로 없으니
깨달음은 누구나 풀 수 있는 스무고개
답은 닿을 듯 있고

길은 멀고 외로울 뿐

X, Y 축으로 나뉜 4개의 영역 속 나는 어느 언저리에
어떤 기도로 머무르다 흩어질까? 곳곳에 빽빽한 기도는
부름을 기다리고 이미 꼭짓점을 지난 내 생의 포물선의
끝은

어떤 꿈이 되어 어디로 흘러갈까?

은근한 미소로 묵언 수행 중인 꽃의 말문 트이는 일
은 이생에선 요원한 일이지 싶어

뜻 모를 미소 훔친 어리석은 눈빛만 헛헛하고

몰래 들인 연꽃 한 송이 그윽한

* 연등불(과거), 석가모니불(현재), 미륵불(미래).
** 관세음보살, 문수보살, 보현보살, 지장보살.

오방색은 늪이었으니

단청은
작은 숲 하나 들이는 일이다

귀 기울이면 새 소리 바람 소리 들릴 듯하여

오방색은
나무고 풀이며 바위에다 졸졸거리는 물이기도 하고
살랑거리는 바람이다

코흘리개 적 어머니 손 잡고 처음 가 본 산사
온통 알록달록 오방색이었다
댓돌에 올라 활짝 핀 연화 문살 꽃잎 뜯어 날리던

아이, 그날 가슴에 눌어붙어
헤어나려 하면 할수록 끄집고 들어가는

오방색, 섬뜩한 경외심이었고 늪이었다

어린 아들에게 색의 오묘함을 안겨준 어머니도
내겐 늪이었으니

곁에 있으나 없으나
내 마음 끌어 잡고 놓지 않는다

목숨도,
지혜도 헤아릴 수 없는

늪이다
바라볼수록 아득하게 빠져드는

버려진 생각 하나

허름한 해우소 지붕
용마루 기와 틈새 터 잡은,
손가락보다 작은 소나무 한 그루
파릇하다
바람과 빗물도 되돌아 나올 틈새에
용하게도 파고들어 뿌리를 내렸다
무심히 지나치면 보이지 않을,
버려진 생각인가?
작고 보잘것없어도 잎잎이 뾰족하다
어느 것 하나 그냥 있는 게 없다 했으니
엉뚱하다 해도
저 자체가 하나의 의미이지 싶다
범종이 제 설움 뱉어내자
종각을 향해 귀를 세운다
한 음, 한 음 마음에 새기니
훗날 다시 볼 적에는
훌쩍 커지고 굵어지겠다
종소리 그치자
재를 넘어온 뻐꾸기 소리 시린지
빠르게 꺼꾸러지는 저물녘이 아쉬운지

눈앞에 어른거리는 나 같은 건 관심도 없다는 듯
가부좌 틀고 눈을 감는다
간간이 선방에서 들려오는 죽비 소리
흐트러짐을 붙잡고
비운 만큼 채우겠다고 미소 뵈러 가는
내 어깨가 이유 없이 욱신거린다
갑작스레

입동立冬 2

꿈 아닌 꿈을 꾸었다

어머니의 모습으로 오신
문수보살의 현신을
오래 바라지 못하고 놓아 보낸 것이 못내 아쉬웠다

새까맣게 익는 새벽 두 시
전화벨이 운다
덜컹 내려앉는 순간 아득해진다
저 너머, 들리는 목소리가 의외로 덤덤하다

선몽先夢이었구나!
문수보살이라 했으니

아파 말라고,
섭섭해 말라고 그 이름 빌려 오셨음이라

생전, 베푼 만큼 가야 할 곳으로 가셨겠지만 그렇다
하더라도 고맙고 고마울 뿐

엊그제 앞서간
상강霜降이 바스러져
한껏 벌린 선하품 속
때맞춰 내린 무서리가 하얗고

새벽을 뚫고 가는 울음이 더디다

바라춤

하늘 우러러 훨훨
땅을 보듬어 사뿐사뿐

때론
바람결처럼,
흐르는 물처럼,
여백으로 와 여백으로 남고

때론 우레같이
순간으로 왔다가 순간으로 가
끝내는 아무것도 없는

말씀 아닌 말씀이고
염원 아닌 염원이니
듣고 보는 것만으로도 은혜다

애초 내 몫이었기에
씻고 씻어도 얼룩으로 남는 업 지우는

음은 없으면서도 있고

격 또한 없는 듯 있으니

음과 춤사위, 바라가
하나 되어 꽃으로 피는

4부

때맞춰 내리는 서설瑞雪이 따뜻하다

간월암

뭍이기도 하고 섬이기도 하기에

때 되면 바닷물
탑돌이 하듯 들고나며

해달별 문안 오고

무료하다 싶으면
이따금 골난 바람 들이닥쳐 못된 심사 내려놓고 간다

기름진 뻘밭 수십만 평,
푸른 남새밭 수백만 평이 눈앞 내 것이라
바라만 봐도 배부르겠고

손차양한 노을밭
하늘과 바다의 사랑놀이 저토록 절절하니

존재만으로도 성스러워

그리 간절하지 않아도 되겠다

혼자가 아닌 둘이기에
- 법주사 쌍사자 석등

단언컨대 전생에 눈맞아 야반도주한 남녀였지 싶다

저리 배 맞대고
그 오랜 세월 붙어 있는 걸 보니 굳이 푯말을 읽지
않아도 뻔하다 싶은

암컷은
힘에 겨운지 할 말이 있는지 벌린 입 다물 줄 모르고
수컷은
앙다문 잇새로 새는 신음을 삼킨다

업보라 해도
연꽃을 받들고 섰으니 축복이라 함이 옳겠으나 둘은
아니라고 꼬리를 사타구니 속에 감춘다

화창火窓에서 뿜어내는 연꽃 향기 그윽하여 들여다본

창 너머 팔상전과 극락보전, 한껏 익은 가을빛에 취
한 듯 발그레하고
〈

뒷박만 한 화창 속 더께로 앉은 시간이 기지개를 켠
다
한 겹, 한 겹 제 속내 털어놓고 싶은 암컷은 입술을
달싹거리나 수컷의 눈 부라림에 막힌 하늘 쳐다보며 눈
물 뚝뚝

지나온 헤지도 못할 세월 또 그만치 아니 영원이라
해도

혼자가 아닌 둘이기에
꿈을 꾼다
다시금 초원을 달라며 울부짖는

비록 서글피 깰지라도

여여如如한

- 선운사 만세루

숲이다 솔바람 이는
같은 모양의 바위와 나무가 하나도 없다
빛은
새겨진 경전 한 줄 읽을 정도면 족하고,
바람은
습해진 경전 한 장 말릴 정도면 족하니
3면이 막혔다 한들
그리 애석한 것도 없고
그나마 1면, 피안을 향해 통째로 열렸으니
귀 막거나 쉬쉬해야 할 비밀도 없다
철 따라 닫히고 열리는
창 너머 계곡에서 바람이 인다
솔향 그윽한 마루 가운데 앉아 계절을 읽는다
어제 푸르던 계절이 오늘 붉게 익었으니
어찌 명문화된 말씀만 말씀이라 하리
하늘 떠받치고 기둥과 들보
비록 보잘것없이 휘어지고 또 이어졌으나
무성하던 가지와 이파리 다 버리고,
꼬리를 물고 들던 생각과
제 키를 가지고 소꿉 놀던 그림자마저 버리고

저리 꼿꼿하게 오늘에 이르지 않았는가!
내 앉은 자리 숲 한가운데니
나는,
나무로 울울하고
풀꽃으로 흔들리는

애절한 사랑 일렁이는
- 불갑사

첫걸음부터 붉다

지천으로 붉고 또 붉다 붉어서 더는 붉어지지 못하는

붉은빛에 질려
낯빛조차 불그레한 사람의 물결
꽃무릇 보러 온 건지
부처님 보러 온 건지
본연은 구하지 아니하고
눈에 보이는 것만 탐하며
이리 철썩
저리 철썩
멋대로 철썩이다가

밀려, 밀려 마주한
동방의 첫 터
붉은빛에 에워싸여 옴짝달싹 못 하고 주저앉았다

하도 붉어
부처님도 오금이 저린지 안절부절못한다

이 강산 붓다의 첫 터전이 아니라
붉은빛의 으뜸이라 불갑사인지도 모를 일

돌아 나오는 길
따라붙는 붉은빛이 숨이 막혀
숨 돌리려 쳐다본
하늘,
붉은 물감 쏟아부은 듯

애달파라
나고 감이 하루 같고
부귀와 공명이
저 꽃, 저 노을 같으니

고란사

터전이 오목하고 외지다

밤새 절벽을 두드린 강물의 손이 시퍼렇고 비릿한 갯내가 물씬하다 긴긴밤 노거수에 빌붙어 쪽잠 잔 늙은 바람이 뒤란을 돌아 나오며 연신 희끗희끗한 제 머리카락을 쓸어 넘긴다 마치 나 좀 봐 달란 듯이, 짐작하건대 석간수 몇 바가지 퍼마셨을 것이다 묵례를 주고받은 강물과 바람은 허구한 날 늦는 볕을 기다린다 한 시진을 기다려 도착한 볕은 벌어진 문 틈새를 헤집고 들어 그분을 뵙는다 볕에서는 싸구려 지분 냄새가 났다 셋이 만나면 무엇을, 어찌할 거라는 걸 아는 추녀 끝 청동 물고기 눈 흘기며 쫑알거린다

뒤란 석간수, 그 옛날 기꺼이 제 목숨 버린 꽃들의 눈물이지 싶다 그 눈물이 젊음의 묘약이라니 아이러니하다 샘 위 절벽 틈에 빌붙어 산다는 고란초 질긴 생명은 씻기지 않는 한이지 싶으나 눈에 담지 못함이 아쉽다

때마침 우는, 절벽에 부딪혀 되돌아 나와 강을 건너는 범종 소리 법의法衣 아래 드러난 맨발이 시리다

〈

물, 바람, 빛의 협연이 시작되자 윤슬이 젖은 머리 털
며 일어서는

드러난 맨발이 눈에 밟히는
- 부여 가탑리 금동여래입상

어떤 얼굴이었을까?

이미 없는 것을
물어 무엇하고 들어 무얼 하겠는지요
없다고 한들
아쉬움도 없고 모자람도 없으니 그저 보이는 대로
보면 될 것을

없기에
펼칠 수 있는 상상이 더 흥미롭고 총총 한없네요

머리는
생각 없는 것들에게 생각하며 살라고 떼어 건넸을 것
같고
손은
죽자고 일해도 그날이 그날인 무지렁이에게 일손 하
나 거들라 들여보냈을 것 같으나
옷자락 밖으로 드러난 맨발이
한겨울 탁발을 나선 구도자 같고
시린 새벽길 밟아 밥을 구하던 내 어머니 발 같아 눈

에 밟히오

시린 바람 속 맨발로 종종거리다가
구멍 난 양말 집고 기워 신으셨던,
좋은 옷 한번 입어보지 못하고,
그 흔한 고기 한번 배불리 먹어 보지 못하고,
알맹이 다 빼주고 허물로 살다 가신, 그래서 더 애달
프고 그리운
당신은 웃는 듯 웃네요
세상 어미는 다 그런 거라고

부처든,
엄니든,
드러난 발이 곧 말씀이고 가피加被인 것을

더는 구할 게 없으니
- 예산 화전리 석조사면 불상

한 면만 보아도
끝간데없는 인연이고
사방이 정토인데

4면이라 더는 구할 게 없겠다

그려,
더는 바라지 말자
다만,
다음 생이 있다면
다시 오지 않게 하소서

스쳐 지나가는 사람 23은
이번 생,
한 번으로 족하오니

폐사지

움츠린 적막이 을씨년스럽다

가을을 앓은 이파리 휩쓸리는 작은 소리에도 화들짝 놀라는,
띄엄띄엄 민머리 드러낸 주춧돌
아랫도리 시린지 연신 엉덩이 들썩이나 천여 년 지켜 온 그 자리가 그 자리다

만파의 세월에 짓무르고 덧난 상처 검버섯으로 녹여 낸 석탑, 모난 바람의 분탕질에도 넉넉하고

두런거리는 인기척에 감았던 눈 뜨고 묵례로 손을 맞는다

반가움에 덥석 손잡았더니 미처 훔치지 못한 이슬이 시리다

늙은이 오줌발 같은 햇살 멋쩍은 낯빛으로 손 닿는 곳마다 미지근한 볕을 뿌린다
〈

품고 지새운 전설 같은 옛 영화는 한여름 밤의 꿈이
었을까?

짠한 내 눈길 머물자 갑석에 앉아 벗하던 곤줄박이
곁눈질하며 저만치 비켜앉아 재재거리기에 귀 기울이니

기단에 돋을새김한, 윤곽조차 희미한 생황 소리 들리
는 듯하고
하루를 마감하는 목어 소리, 범종 소리 끊어졌다 이
어지고

이유야 어떠하든 쇠퇴의 멍에 짊어지고 선 저 외로움
어찌하리

꼭꼭 숨어라! 머리카락 보일라
무궁화꽃은 그때도 피었을까요

옛일은 옛일로 묻어두고 보이는 만큼 보고 돌아섬에
눈길 닿은
〈

당간지주, 둘 아닌 하나여서 애틋하고
있는 듯 없는 까마득한 푯대에 표표히 나부끼는

때맞춰 내리는 서설瑞雪이 따뜻하다

그 곱다는 왕벚꽃은?
- 상왕산 개심사

그리 오래 걸리지 않았다
일주문 지나면서부터
입술에 달라붙는 구구함을 앞질러 가는
가파른 계단 길 구불거리며 올라
맞닥뜨린 우람한 종루, 멋스럽게 굽은 기둥 얄밉게
여유롭다
울어야 할 범종은 입 다물고
추녀 끝 청동 물고기 내 눈빛 붙잡고 운다
훌쩍 자란 호기심으로 허공 뚫고 올라
울 안 훔쳐본 전나무 품은 마음은 푸르나,
답을 얻지 못한 생각이 뾰족하다
짓누르듯 걸린 현판을 비켜
맞닿은 추녀 정다운 샛길로 돌아들며 마주한
본전, 아담하기는 하나 허전하고 빈 가슴이다
구하고자 하였던 섬뜩한 지혜의 칼은 어디에 있는가?
여래의 뜻이라 하여도 아쉽다
그 아쉬움 손 모아서 달래고 해탈문 빠져나오니
소문 자자한 왕벚꽃은 아직이라
연지에 드리운 왕벚나무 속 나는 그림자놀이를 한다
꽃망울 벌 듯

못내 뒤돌아보게 하는 아쉬움 연지에 풀어 놓는다
발가벗은 배롱나무 어루만지는 봄 햇살 톡톡 튀고
뭐가 그리 좋은지 모를 답사 온 보살들의 환한 웃음
소리
숨어 우는 저녁 종소리에 묻히고
연지에 마음 씻은 왕벚꽃 앙가슴 여는

운문사 바람길

바람을 생각하다 바람길로 접어들었다 내 바람은 늘
상투적이고 내 것이 아니라 낯설어 문장이 되지 못하였
으므로 곁에 두지 못했다

다짐은 비켜서서 머뭇거렸으며 내가 아닌 네가, 우리
가 되었다

바람은 바람을 불러왔고 모처럼 함께 가기로 했다
짧지 않은 길이었기에 몇 마디, 다소간의 대화가 필요하
지 않을까 싶어 먼저 인사를 건넸고, 그도 눈웃음으로
답하기에 호기롭게 손을 내밀었으나 내 마음처럼 손을
잡아주지는 않았다

손은 일방적인 내 뜻이었을 뿐 그의 의사는 아니었으
니,

길은 한참이나 남았고 걸음은 느려져 소나무 숲길인
데 왜 바람길일까?

바람이 솔가지를 흔드는 건지,

솔가지가 바람을 일으키는 건지,

짧은 의문에 답을 찾으려 걸을수록 바람은 고개를
흔들었다 멈추어서 숨을 크게 내쉰다 비로소 바람이 생
겨났다 바람이 바람의 손을 잡고 앞서간다

바람은 내가 일으키는 것이라 금남의 땅이라기에 바
람이 되고자 했으나 비구는 없어도 처사는 지천이니

나름의 바람이 인다 남녀가 있는데 어찌 바람이 없겠
는가! 여기서도 일고 저기서도 일고 예제서 일어 하늘이
늘어져 흔들거리니

바지랑대를 곧추세운다 외줄 타는 연꽃에 매달린 바
람이 살랑거린다

연꽃에 촛불을 켠다. 나는 없고 바람願만 있는

붉을 대로 붉은
- 법흥사

무릉도원 길은 이름대로 무릉도원이다

타는 듯한 붉은 빛에 취한 취객에겐
상서로운 코끼리와 거북이가 더없는 은혜였다

피안에 이르는 길은 멀지 않았다
눈에 든 절간의 배치가 예사롭지 않아 적요마저 아련
한 소리로 들렸다

활활 타는 단풍빛이 덮칠 듯 너울거려 혹시나 하는
두려움에 하늘이 노랗다

노란 하늘 맛본 가슴, 청량수 한 모금으로 쓸어내리
고 보궁길 밟는다

화려한 것은
붉은 맵시를 뽐내는 단풍과 하늘에 닿고자 하는 소
나무의 푸르름뿐이 아니었다

길 안내하는 판석 아무렇게나 놓은 듯하나 격이 있

고, 투박한 듯 돌계단엔 예(禮)가 깃들었고, 휘어진 길은
가쁜 숨 돌리며 가라는 배려이지 싶다

적멸보궁,
전면 3칸 측면 2칸의 모형 같은 아담한 팔작지붕,
금빛 현판이 금방이라도 날갯짓할 거 같아 참았던 숨
토하지 못하고 눌러 참았다

모셨다는 진신사리 문밖에서 우러르니 뭉클해진 마
음에 낮달이 휘영청

가부좌 틀고 앉으니 살랑이는 바람이 불씨를 옮기는

꿈속 같으니
- 공주 태화산 마곡사

'돌아와 세상을 보니(却來觀世間)
모두가 꿈속의 일과 같도다(猶如夢中事)'

몇 줄의 선으로 묘사된 그분의 얼굴이 정겹다
표석 또한 모나지 않아서 좋고

해탈문 지나며 다 비우지 못한
생각, 사천왕의 엄포에 걸음아 나 살리라 한다

좁은 듯 어깨 맞대고 있던 옛 영화는 어디 가고
띄엄띄엄 앉아 그 옛날을 이야기하는가!

정토에 들어서도 갈고 닦음은 끝이 없어 죽비 소리
들리는 것 같아 까치발로 극락교에 이르니 갇힌 개울물
에 비친 전각의 그림자 깊다

지옥은 아니 가고 싶어 대웅보전 안 싸리나무 기둥
욕심껏 돌았더니 높은 곳에 앉아 계신 분들이 빙그레
웃는다

불화의 본향이라는 명성에 어울리는 불화佛畫를 찾지

못했다
  아는 만큼 보인다 했으니 내 눈이 딱 그만큼이지 싶
어 서글프다

  선생*이 머리를 깎았다는 삭발 바위, 그때의 갈굼을
알고도 눈 감았는가 애써 시선을 외면한다

  대들보 자연스레 휘었고
  그분이 길이를 보고 앉은 대광보전 앞
  오층석탑, 양복 입고 갓 쓴 거 같아 못내 아쉽다

  '돌아와 세상을 보니却來觀世間
  모두가 꿈속의 일과 같도다猶如夢中事'

  대광보전 기둥의 주렴처럼 아직 나는 꿈속일까?

  꿈이라면 깨고 싶으이

  * 백범 김구.

돌담 돌고 돌아 핀
- 선암매

슬멋 비켜 앉은,
무심코 그냥 지나칠 무지개 석조다리
물에 비친 그림자 손잡고 하나 된
고리環, 그 속에 강선루 드니 비로소 한 폭의 완성이다
꽃 좋다! 입소문 자자한
매화, 일주문 들기 전 마주하면 좋겠으나 마지막에
본다 한들 어떠리
부처님 전 돌고 돌아 각황전 가는 길목
길 한가운데 서서 손을 맞는
백매화, 얽히고설킨 수백 세월이 조화롭다
그냥 지나칠 수 없어 탑돌이 하듯
서너 바퀴 돌며 눈에 담았더니 미처 피지 못한 꽃망
울이 눈망울에 벙근다
마중 나온 듯 늘어선
꽃 터널 따라 오르니 혼자가 아닌 둘이라
흰 꽃, 붉은 꽃 어우러지니 여기다 싶어 할 말을 잃는다
무수전 둘러쌓은 돌담을 배경으로 비켜선
홍매화, 민낯의 각황전 대신 꽃단장하였으니
숨이 막히고 눈멀까 오래 바라지 못하고 먼 하늘 바
란다

어찌 꽃만 꽃이라 하겠는가!
꽃나무와 하나 된,
서로를 보듬은 석축과 돌담이 꽃보다 더 조화롭다
매화의 눈웃음만으로도 넋 나갔는데
아기자기한 돌담의 이야기와 화사한 목련 아가씨 볼
우물에,
어느 분의 얄궂은 미소까지 한 폭에 드니
울컥 올라오는 눈물 보이기 싫어
각황전 돌아 나오다
다시금 바라니 뒷간에 갔다 늦은 겹벚꽃
자기 안 보고 가면 가는 길 편치 않을 거라 으름장이다
미안함을 전하는 눈웃음에
겹벚꽃 꽃망울 펑펑 터지는

민낯의 시골 아낙 같은
- 만수산 무량사 극락전

작정한 게 아니었어요
그냥 지나는 길에 들려보자 했지요

하필이면 눈이 내렸을까요?
아마 처음부터 눈이 내렸으면 그냥 지나쳤을 거예요

은혜처럼 소담스럽게 내렸고 가끔은 격정을 부리기도
했어요
　빈 데 없이 하얗게 덮어 성스럽기조차 하였기에

망설였어요
개똥지빠귀 마치 따라오란 듯 총총거리며 앞서가네요

이미 하얗게 된 천왕문에 갇혀 백발로 선
　극락전, 천년도 눈 깜짝할 사이라 굳이 하찮은 나이
물어볼 필요도 없었어요

비상을 붙들고 종종거리는
활주, 단연코 놓아 보내지 않겠다는 듯
어금니 앙다문 마음이 꼭 나 같아 가볍게 등 두드려

주었지요

　문지방 넘어 피안에 드니
　오래 알고 지낸 민낯의 동네 아낙 같은,
　희끗희끗 빛바랜 단청이 눈에 밟히나 눈발은 저만치
앞서가며 바람의 고삐를 잡네요

　온통 하얗다 이런 날은 기원도 참아야겠지요

　자유로움의 대명사였던 매월당
　큰기침 소리 들릴 것 같아 귀 기울이나 내 귀에 이는
바람만 쓸쓸하고

　아서라! 그 자유로움의 깊이 가늠한들 무엇하겠는가?

　향 싼 종이 향내 날 터

　지칠 줄 모르는 눈발은 발목에 빠지고

풍경, 하나도 버릴 게 없는
- 안동 천등산 봉정사

떠꺼머리다

길게 땋아 늘어뜨린 머리 같은
소박하고 살가운 돌계단을 밟아 오른다
좌우 비탈을 흔한 막돌로
아기자기 쌓아 만든 꽃밭이 고만고만 정답다
여기쯤이지 싶어 허리 펴니 '욕봤니더' 손 내미는 만
세루
그 아래 뚫린 공간 희롱하며 오르니
오매! 봉황이 날개를 펼쳤다 금방이라도 날아오를 듯
대웅전, 막 감은 듯 은근한 창포 향 털어내는,
웃을 적 볼우물이 치명적인 여염집 규수다
그 옆, 이름깨나 알려지고 소문 자자한
극락전, 감히 입에 올릴 수 없는 나이에 비해
때 묻지 않은 순수함에
작으나 기대고 싶은 어깨를 가진 상남자다
남과 여, 마주 보지 않고 서서 다행이다
마주 섰으면 죽네 사네 했을 터
이따금 곁눈질하다 눈맞아 가시버시로 살든,
떠꺼머리처녀 총각으로 소 닭 보듯 살든,

이미 묶인 붉은 끈 어찌 끊으랴

전각은 열 손가락으로 꼽을 수 있는 작음의 미학이다

내려놓은 마음 다시 붙잡는 만세루, 횡한 바람길이다

남루하지 않은 16개의 액자 속

풍경, 하나같이 군더더기 없는 가을빛을 마주하고

받아 든 차 한 잔의 여유, 더는 욕심이지 싶다

서쪽부터 산그림자 삐죽 얼굴을 디밀자

때를 기다리던 법고와 목어 울음 울 채비를 한다

북소리는 저만의 소리로 만물을 부르고

목어는 탁한 울음 앞세워 제 물길 낸다

저물녘에 업힌 어스름이 맑다

나만의 표정으로 가야 할 길이 종종거린다

그나저나 국수 먹는다는 기별 오기는 오려나?

바람의 어깨가 봉긋한
- 해남 달마산 도솔암

구름바다에 연꽃 한 송이 둥실

작고 볼품없으나 깊고 맑아 어느 바람에도 흔들리지
않는다

꿈도 마음이라
꿈으로 시작해 꿈처럼 이루었으니
가피와 인연이 하나 되어 꽃으로 피었으나 청이는
없고

하늘 닿은 곳,
겹겹이 쌓은 반석 위에 가부좌로 앉아
하루의 시작과 끝을 조망하니
끝이라 하나 끝이 아닌 또 다른 시작임을 깨쳐 알겠다

천여 년 별 하나 품어 보지 못한 가슴은 산빛이라 그
깊이를 가늠할 수 없고

우러러보기만 한 천상과
한 번도 내려가 보지 못한 하계가 궁금하였는지

쫑긋, 두 귀를 세웠다

스쳐 지나가는 인연들
잡다한 이야기 하나쯤 슬몃 흘리고 가도 좋으련만

댓돌 위에는 발목 잘린 하소연만 잡다하고

예까지 수행하러 온 선蟬 행자
긴 울음으로 답을 구하나 울음이 각이 섰다며
한 바퀴 더 돌고 오라 죽비를 든다

후드득 듣는 죽비에 멋모르고 끼어든 바람의 어깨가
봉긋한

곰삭은 고요

외롭겠다! 허구한 날이라 하더라도

울지 않는 종[*]

두드려도 울지 않는 종이 있다

품은 무게 무량하여 터져 나오지 못하고 굳어진 신심
인가!

깨달음이 넘쳐 더는 자아올릴 필요 없는 화두인가?

하늘은 콕 찌르면 쪽물 쏟아질 것 같아
차마 우러르지 못하고,
강월헌江月軒 아래 여강驪江은 은빛 물비늘 시려
손 씻은 바람마저 바르르 떨고,
밤새 물소리에 뒤척이다 새벽녘에 든 잠 깬 석탑 눈
부신 듯 손차양하는

바짓가랑이 촉촉한 가을 아침
입 다문 종 앞에 서서 응축된 울음을 듣는다

거듭된 깨달음은 해탈일 뿐 윤회는 아닐 터

소리 없는 울음도 울음이고 말 없는 말씀도 말씀이라

〈

울음에 사무치고 흔적으로 남은 발자국
하 많은 세월의 부침 속에서도 또렷하게 남아 뒤따라
오는 이에 길을 이른다

여강驪江은 예나 지금이나 여여如如하고
은행잎 흩날리는 청산가** 한 자락 들리는 듯하고

적요 속 종의 울음 불꽃으로 나투어 어루만지는

* 여주 신륵사 경내에 있는 보제존자(나옹선사) 석종(사리탑).
** 고려말 고승이었던 나옹선사(1320~1376)가 지은 시.

불교적 사유와 수행으로서의 시쓰기

황정산(시인, 문학평론가)

1. 들어가며

김진수 시인의 이번 시집은 전체가 불교적 사유와 상상력으로 채워져 있다. 불교에 대한 공부가 깊지 않은 필자가 불교적 사유에 대해 범박하게 정리하자면, 세계는 고정된 실체의 덩어리가 아니라 '연기緣起'로 잠시 구성되고 인식되는 흐름이며, 그 흐름을 "나"라는 실체로 붙잡는 순간 고苦가 시작된다는 통찰이다. 그래서 그것을 극복하는 수행은 대체로 다음 두 가지이다. 하나는 무상·무아·공空을 몸으로 확인하는 것, 즉 집착을 내려놓는 길이며, 다른 하나는 그 확인이 허무로 빠지지 않도록 자비의 실천으로 세계와 다시 마주하는 길이다.

김진수의 이 시집은 이런 불교적 통찰을 관념으로 설교하지 않는다. 대신, 발로 걸어 들어간 절집과 그곳에서 마주친 사물·빛·소리를 통해 연기緣起가 어떻게 감각으로 번역되는지를 보여준다. 이 시집의 어법은 불교적 사유를 정서로 바꾸어 보여주는 방식에 강점이 있다. 예를 들어 「범종」에서 종은 세계를 품었다가 밤새 숙성시켜 새벽에 풀어놓는 존재로 그려진다. "저물녘, 새벽에 풀어 놓았던 것을 불러들여 다시 품는다 밤새 품은 세계가 소리가 되는"이라는 구절이 그것이다. 여기서 종은 물건이 아니라, 수행의 수단이며, "품었다 풀어놓는" 리듬 자체다. 불교적 언어로 옮기면 들숨·날숨, 생멸, 인연의 성주괴공成住壞空이 한 문장에 들어가 있다.

또한, 시인의 말에서 "손 모은/기원"이라는 구절이 나오는데 이는 이 시집을 관통하는 시인의 태도를 잘 말해준다. 이 시집에서 시 쓰기는 언어의 표현 행위라기보다 수행의 한 방식이다. 시집의 표제 또한 그 수행의 핵심을 직설적으로 말한다. "닳은 연만으로도 한 생이 환하겠다"는 문장은, 어떤 절대적 구원이나 초월의 약속보다 먼저 인연이라는 관계의 최소 단위가 삶을 밝힌다는 일종의 선언이다.

이제 이 시집의 시들을 좀 더 자세히 알아보자.

2. 순례를 통해 도달한 사유

이 시집의 많은 시들은 여러 사찰과 불교 유적을 돌아보고 쓴 순례의 기록이기도 하다. 김진수 시인에게 순례는 단순한 관광이 아니다. 그것은 몸을 움직여 높은 사유의 경지로 나아가려는 정신적 고행이다. 가장 먼저 눈에 들어오는 것은, 절집을 대하는 시인의 시선이 항상 문턱과 경계를 의식한다는 점이다. 내소사를 가서 쓴 다음 시 「천년의 하루」가 이를 잘 보여준다.

죽어서도 닿기 어렵다는,

능가산 발치에 입맞춤하듯 엎드렸더니

변산 바람꽃이 수줍은 웃음으로 맞는다

피안교, 마지막으로 건너야 할 강폭이 딱 이만큼인가?

큰 걸음으로 예닐곱 떼어놓으니 저쪽인가 싶은,

한 시절 고운 자태 입에 오르내리던 벚나무

등치에 든 세월 겹겹이어도 다시금 꽃피울 봄날을 밀어
올린다

천왕문 들어서니

사천왕이 저마다의 표정으로 으름장이라 도망치듯 문지
방을 넘는다

생긴 대로 놓인,

크기 또한 제멋대로인 대웅보전과 봉래루의 주춧돌

별자리처럼 틀고 앉아

천연덕스럽게 휘고 이어진 기둥 받들어 섬김이 천년이 하
루 같다

대웅보전에 들어 비어 있다는 포包 한 자리 찾았으나

나도 보지 말아야 할 것을 보았음인가 헛되다

부처님 뒤편 없는 듯 계신 백의관음보살

마주친 내 눈빛으로

숨어 지내야 하는 한限, 한 줌 덜어내시려나?

호랑이와 파랑새, 흐린 눈에는 보이지 않아

다음을 기약하며 산문을 나서니 들어갈 때 보지 못한

일주문 밖 당산 할배 큰기침으로 부른다

엎어지면 코 닿을 곳에 할매 두고 까맣게 애 끓일,

지척이라 하나 하늘과 땅이라

오가지 못하고 바라볼 수밖에 없는 사이

그나마 다행이다 싶어

잡은 여인의 손이 따뜻하다

- 「천년의 하루」 전문

이 시에서 시인은 내소사로 들어가며 피안교를 떠올린
다. "피안교, 마지막으로 건너야 할 강폭이 딱 이만큼인
가?"라는 구절이다. 피안/차안은 불교의 오래된 비유다.

그런데 이 시는 "큰 걸음으로 예닐곱 떼어놓으니 저쪽인가 싶은", 그 어이없을 만큼 짧은 거리감으로 피안을 재구성한다. 즉, 해탈은 먼 곳에 있는 것이 아니라 인식의 전환에서 온다는 것이다.

그러나 시인은 이 깨달음을 곧바로 자기반성으로 되돌린다. "대웅보전에 들어 비어 있다는 포龕 한 자리 찾았으나/나도 보지 말아야 할 것을 보았음인가 헛되다"라고 자책한다. 사찰이라는 공간은 성스러움이라는 말로 자동 정화되지 않는다. 오히려 사찰은 내가 끌고 온 번뇌를 더 또렷하게 비춘다. 순례란 그래서, 멋진 풍경을 소비하는 일이 아니라 자기 마음의 얼룩을 돌아보는 일이다.

이 방식은 다음 시에서도 반복된다.

손가락 다 벌려 보아도

어깨 짓누르는 적막의 두께

가늠할 수 없어

눈먼 물고기 되어

꽃살에 맺혔다 떨어지는 이슬과 이슬 사이를 잰다

만개한 여덟 짝 꽃밭

빛 펴 바른 민얼굴 만져 보니

사위지 않은,

뽀얗게 젖살 오른 갓난아이 살갗 같아라

…중략…

극락도 속세처럼 빛이 닿지 않는 곳이 있음인가?

애잔한 연緣이 한쪽 끝을 잡고

갈 길 바쁜 마음을 헤집는다

눈은 멀어져도 마음은 거기에 머물러

천여 년 꽃으로 피길

-「꽃살의 숨결」 부분

이 시의 상황은 내소사 꽃살 무늬를 바라보는 장면인
데, 화자는 "눈먼 물고기 되어/꽃살에 맺혔다 떨어지는
이슬과 이슬 사이를 잰다". 절집의 꽃살은 장식이 아니
라, "이슬과 이슬 사이"라는 미세한 틈을 보게 하는 도구
다. 불교적 시간 감각, 즉 찰나의 감각이 여기서 미감으
로 구현된다. 그리고 결정적으로, 화자는 극락을 의심한
다. "극락도 속세처럼 빛이 닿지 않는 곳이 있음인가?"라
는 이 질문은 신앙의 부족이 아니라, 정토를 절대화하지

않으려는 태도이다. 극락이 그저 먼 나라면, 지금 여기의 고통은 방치된다. 김진수 시인은 그런 탈현실적 깨달음을 거부한다.

김진수 시인에게 순례는 채우기 위한 순례가 아니라 비우기 위한 순례이다. 이 점과 관련하여 이 시집의 시들 중 가장 수작에 속하는 다음 시를 좀 더 면밀하게 읽어 보자.

소백산 잔가지에 봉황이 내려앉았다

꽁지깃부터 거슬러 올라야 보인다기에
발품 판, 딱 그만큼만 보여준다
액자 속 그림 같은
9품 계단 밟고 올라 극락에서 마주하는
석등, 화창에 들어앉은 네 글자
무량수전無量壽殿, 꿈틀거리는 천하의 배후가 된다
중년의 후덕함은 배흘림이라
속마음 눈에 띄지 않을 만큼 틀어 앉았다
이만큼 당겨 앉으라 애써 달래도 눈길도 안 준다
한껏 펼친 추녀 날아갈까 붙잡고 선 팔각 활주
저린 발 연신 꼼지락거린다
벌어진 문틈 사이 있어야 할 분이 안 보여

고양이 눈으로 찾으니

그분 또한 서쪽으로 비켜앉았다

어여쁜 선묘 낭자, 일편단심에 토라지심인가?

전각 속 여덟 여인 죄인처럼

텅 빈 천장 떠받침이 애처롭고

기름먹인 바닥은 유리처럼 반질거려 낯설다

손 모아 뵙고 배흘림기둥에 기대서서 앞을 바라니

무릉도원이 예 같은가?

남다른 선경에 말을 잃는다

때마침 쏟아내는 범종의 울음에 불리어 나온 저물녘

일 획으로 그은 안양루 용마루에 걸치니

하얀거 마친 목백일홍

제 꽃보다 더 붉음에 서럽게, 서럽게 운다

억겁임을 모르고

고작 백날을 가지고

-「부처님도 비켜 앉은」 전문

"벌어진 문틈 사이 있어야 할 분이 안 보여/고양이 눈으로 찾으니/그분 또한 서쪽으로 비켜앉았다."라는 구절이 이 시의 핵심이다. "있어야 할 분"이라는 말 속에는 불성에 대한 기대가 들어 있다. 절집 안쪽, 정면, 중심에 부처가 있어야 마음이 안심된다. 그런데 불교적 관점에서 이 기대는 위험하다. 부처를 확인 가능한 대상으로 만들고 싶은 욕망, 내가 보는 방식으로 부처를 소유하고 싶은 마음이 숨어 있기 때문이다. 시는 그 욕망을 무너뜨리는 방식으로 부처를 '비켜 앉게' 한다. 부처가 사라진 게 아니라, 내가 정면에서 잡으려는 순간 부처는 한 발 옆으로 물러난다.

그 깨달음을 확실하게 해주는 것은 "범종의 울음"이다. "때마침 쏟아내는 범종의 울음에 불리어 나온 저물녘"에서, 부처를 눈으로 찾던 수행의 노력은 소리로 바뀐다. 불교에서 법은 꼭 문장으로만 오지 않는다. 울림, 진동, 침묵, 호흡 같은 것들이 오히려 말보다 먼저 마음을 건드린다. 시에서 범종의 소리는 단순한 배경음이 아니라, 비켜 앉은 부처가 다른 방식으로 현현하는 것을 의미한다. 정면에 보이지 않던 분이, 이제는 소리로, 저물녘의 기운으로, 안양루 용마루의 선으로, 몸의 떨림으로 다가온다.

그리고 마지막에 이 시는 무상의 깨달음을 조용히 보여준다. "하안거 마친 목백일홍/제 꽃보다 더 붉음에 서럽게, 서럽게 운다"는 장면에서 붉음은 아름다움의 절정이면서 동시에 소멸의 전조다. 꽃이 더 붉어질수록, 그 붉음은 '곧 떨어질 것'을 포함한다. 그래서 "억겁임을 모르고/고작 백날을 가지고"라는 결말은 백일홍만을 꾸짖는 말이 아니라, 우리 모두를 향한 각성의 권유가 된다. 억겁의 시간과 무상한 흐름을 모르고, 짧은 기간의 성취나 감동을 붙잡아 영원처럼 만들려는 마음은 불교가 가장 경계하는 바로 집착이다. 부처가 비켜 앉은 이유도 결국 여기에 있다. 내가 붙잡는 순간, 진리는 붙잡힐 수 없는 것임을 몸으로 알려주기 위해서 말이다.

그래서 이 시의 불교적 핵심은 '부처를 만나러 가는 길'이 아니라 '부처를 만나겠다는 마음이 어떻게 풀려야 하는가'에 있다. 성지의 장엄은 목적지가 아니라 내 분별을 비추는 배후가 되고, 정면의 부처는 사라진 듯하지만 비켜앉아 나의 시선을 교정한다. 끝내 부처는 눈앞에 확증으로 주어지지 않고, 대신 범종의 울음과 저물녘의 결, 백일홍의 붉음 같은 무상한 현상들 속에서 '붙잡지 말라'는 가르침으로 나타난다. 이 시가 성취하는 것은 바로 이런 인식의 전환이다. '보는 종교'에서 '비켜앉는 수행'으로, '얻는 순례'에서 '비우는 순례'로. 그 전환이 이 시를 불교적 서정의 한 경지로 나아가게 만든다.

3. 연을 찾고 업을 씻고

불교적 세계관에서 업業은 단순한 죄가 아니다. 업은 습관화된 의식의 방향, 더 정확히는 행위-말-생각이 남긴 흔적의 총합이다. 그래서 '업을 씻는다'는 말은 도덕적 정화만이 아니라, 의식의 방향을 바꾸는 일까지를 포함한다. 김진수 시인은 이 주제를 시집 곳곳에서 '씻김'의 이미지로 반복한다. 동시에 그 씻김을 가능하게 하는 조건으로 연緣을 전면에 둔다.

다음 시가 그 예를 잘 보여준다.

이고 진 무게 한없으나

도드라져

은은하게 번지는

저 웃음만으로도

억만 가지,

아니 모든 죄업 씻기고도 남겠다

끝끝내 떨쳐버리지 못한

생각하나

속죄하듯 키웠으니

그 생각 없는 생각이

혹여, 저 미소 훔칠까 두렵다

천여 년 흘렀으니

만 년을 더 흘러도

아니 영원이라 해도 저 웃음 그대로겠다

보탤 것도 뺄 것도 없는

저 눈빛!

저 미소!

마주한 것만으로도

다음 생까지 환하겠다

-「백제의 미소」 전문

이 시에서 서산마애삼존불의 미소를 마주한 시인은 "저 웃음만으로도/억만 가지, 아니 모든 죄업 씻기고도 남겠다"고 말한다. 중요한 것은 '씻긴다'의 주체가 '내'가 아니라 '저 미소'에 있다는 점이다. 이때 씻김은 노력의 결과라기보다 마주치는 사건과 인연에 있다. 즉, 업을 씻는 힘은 종종 내 의지가 아니라, 내가 뜻밖에 만난 인연에서 온다. 그래서 시는 이어서 어떤 두려움을 말한다. "그 생각 없는 생각이/혹여, 저 미소 훔칠까 두렵다". 업의 핵심은 훔치려는 마음, 즉 소유하려는 마음이다. 미

소는 소유되는 순간 타락한다. 이 시의 시적 긴장감은
바로 이런 불교적 사유의 깊은 경지에서 나온다.
　업의 씻김은 다음 시에서 물의 이미지로 구체화된다.

　　하늘거리는 관음의 흰 옷자락 같은,

　　생황, 수공후 소리 머금었다가 한숨에 토해내는 범종 소
리 같은,

　　천 개의 손
　　쉼 없이 오르내리며 죄업 씻어
　　천 길 벼랑 떨어져도
　　털끝 하나 상한 곳 없이 제 모습으로 흐르는,

　　하늘거리는 옷자락 사이
　　언뜻언뜻 드러나는,
　　씻고 씻어도 씻기지 않아 가부좌 틀고 앉아
　　온전히 물을 맞는 저 과묵한 행자

　　기도가 닿았는지

　　폭포 위 둥실 뜬

달, 지은 듯 만 듯한 그 미소 달빛에 묻어 내린다

보리의 가르침을 구하는 선재 되어 합장하고 소㵄에 얼
굴을 담는다

물은 하늘에서도 물이었고 땅에서도 물이니 하늘의 달
과 물속의 달은 하나일까요?

찰방거려봐도 달은 거기에 있으니 경계는 처음부터 없었
다

이는 물결 또한 제 갈 길 가는 것이라

경계에 갇히었던,
오래된 물음은 더 큰 물음이 되어 바다로 가는

-「관음의 흰 옷자락 같은,」 전문

"천 개의 손/쉼 없이 오르내리며 죄업 씻어". 폭포는
그 자체로 업을 씻는 수행의 비유다. 이 시에서 '업을 씻
는다'는 건 도덕적 오점의 세탁이 아니라, 마음과 몸에
굳어 붙은 분별과 집착의 습관을 물처럼 풀어내는 일로
그려진다. 시는 그 씻김을 관념으로 설교하지 않고, 폭

포의 물과 범종의 울림으로 체감하게 만든다. "하늘거리는 관음의 흰 옷자락"은 폭포의 물줄기를 관음보살의 자비로 번역한 이미지다. 자비는 감정이 아니라 작동이며, "천 개의 손/쉼 없이 오르내리며 죄업 씻어"라는 구절에서 그 작동은 반복으로 나타난다. 업이란 한 번 씻어 지워지는 얼룩이 아니라 오래된 결이어서, 씻김 또한 끝없는 낙하와 되풀이 속에서만 가능하다는 뜻이다.

하지만 시는 "씻고 씻어도 씻기지 않아… 온전히 물을 맞는 저 과묵한 행자"를 내세워, 씻김의 어려움을 정면으로 보여준다. 업은 한 번 씻으면 끝나는 것이 아니라, 씻어도 남는 끈질긴 잔흔이다. 그래서 수행은 무엇을 해내는 능동성이 아니라, 가부좌로 앉아 물을 "맞는" 견딤의 태도로 가능하다. 말이 줄어드는 자리에서야 업의 뿌리가 드러나고, 물은 그 뿌리를 조금씩 무디게 만든다. 범종 소리를 "머금었다가 한숨에 토해내는" 것으로 비유한 것도, 씻김이 호흡처럼 들고나는 리듬임을 강조한다.

폭포 위의 달은 그 변화의 표지다. "지은 듯 만 듯한" 미소는 누가 의도한 표정이 아니라, 조건이 맞을 때 그렇게 '보이는' 것이다. 업을 씻는다는 건 결국 세계가 달라지는 게 아니라, 세계를 붙잡는 내 방식이 달라지는 일이다. 그래서 화자는 선재가 되어 얼굴을 소에 담그고, "하늘의 달과 물속의 달"을 묻는다. 이어지는 "경계는 처음부터 없었다”는 결론은 씻김의 핵심을 찌른다. 업이 굳히는 것은 무엇보다 경계인데, 그 경계가 허상임을 몸으로 알게 되는 순간, 물결은 “제 갈 길”을 간다.

이 경계의 집착에 대해서는 「정토淨土」라는 시에서도 다시 나온다. 주산지의 물안개 풍경을 보며 “정녕, 어디가 물 밖이고 어디가 물속입니까?”라고 시인은 묻는다. 그리고 “그 경계를 허물고” 물안개가 피어오른다고 말한다. 이때 정토는 경계가 사라진 자리, 즉 분별이 느슨해진 자리로 나타난다. 업의 씻김도 같은 원리다. 분별이 완강할수록 업은 끈질기고, 분별이 풀릴수록 업은 물처럼 흘러간다.

김진수의 시에서 연緣은 업을 씻는 동력이자, 씻김 이후의 삶을 지탱하는 관계의 방식으로 나타난다. 시집의 표제작이기도 한 「부처 품에 부처 안겼으니」를 보자.

큰 그늘에 든 잔 그늘이 짙다

벗어나면 보이고 들어서는 보이지 않으므로

보이면 보이는 대로
보이지 않으면 않는 대로
잠시 마음 쓴 것만으로도 끝과 끝은 닿았다 하겠다

〈

눈은 멀고 마음은 가까워

있는 듯 없고 없는 듯 있기에

아! 하는 탄성 스민 눈빛으로

우러러본 것만으로도 더는 두 손 마주하지 않아도 되겠다

서 있든, 누워있든

형상만으로도 불성佛性이라

그 속에 든

돌멩이 하나, 풀 한 포기, 나무 한 그루, 새 한 마리, 벌

레 한 마리, 어느 하나 허투루 있는 게 없으니

손 뻗으면 잡힐 듯하나,

둘러 온 길보다 더 먼 인연, 나를 버리고서야 그 끈 이어

지니

큰 그늘 속

짙은 그늘 보고 또 우러르니

닿은 연緣만으로도 한 생生이 환하겠다

-「부처 품에 부처 안겼으니」 전문

시인은 "형상만으로도 불성佛性"이라 말하며, 그 안에 "돌멩이 하나, 풀 한 포기 … 어느 하나 허투루 있는 게 없"다고 선언한다. 이것은 모든 존재가 연기의 조건으로 서로를 존재하게 한다는 사유의 시적 표현이다. 그래서 시인은 "닿은 연만으로도 한 생이 환하겠다"고 결론 짓는다. 업을 씻는 길의 끝은 금욕이나 자기혐오가 아니라, 인연을 알아보는 눈을 회복하는 것이라는 인식이다. 이 대목에서 김진수 시인의 불교적 사유는 더욱 깊어지고 선명해진다. 그는 깨달음을 '나만의 사건'으로 독점하지 않는다. 오히려 "돌멩이 하나"까지 끌어안는 방식으로, 깨달음을 공존의 감각으로 돌려준다. 이런 점이 김진수 시인의 시들이 가지고 있는 정신적 고매함과 품격을 보여준다.

4. 정토는 여기 이곳에

불교에서 정토는 사후의 낙원이 아니다. 정토는 마음이 정화된 자리, 즉 세계를 '탐·진·치'의 렌즈로 보지 않게 될 때 이쪽 세계가 드러내는 다른 얼굴이다. 김진수의 시들 역시 이 정토를 멀리 밀어내지 않고 지금-여기에서 반복적으로 호출한다.

청량한 가을 아침,

붉은빛의 조화가 예사롭지 않다

첩첩을 헤집고 갈마들던 안개와 구름 걷히자

헉! 숨이 멎는

정녕, 어디가 물 밖이고 어디가 물속입니까?

그 경계를 허물고

막 데워 놓은 듯 피어오르는 물안개가 치명적이다

눈을 뗄 수 없어 오래 숨을 참았다

수면, 그 밖의 경계가 손에 잡히지 않아

물속의 나무가 나무인지 정령인지 모를

주산지, 여기가 그토록 갈망하던 정토淨土인가!

물 밖도 붉게 타고,

물속도 붉게 타니 덩달아 나도 붉어진다

발치까지 붉어진 산빛에 눈망울마저 활활 타

엎드려 눈 씻으며

한 모금 맛을 보니 천지간이 목줄을 타고 넘는다

시시각각으로 연출되어 눈물샘 자극하는

풍경, 이 기막힘을 품고 사는 가슴은 얼마나 절절할까?

하늘이 그 속에 있으나

천 길인지 만 길인지 가늠할 수 없어

그저 발 담그고 서서 흔들리는 그림자 하나 갖고 싶다

그냥저냥 물가에 넋 놓고 앉아

해를 지우며

고즈넉한 사위四圍에 스미어 나를 지운다

애초에 풍경만 있고 나는 없었음을

- 「정토淨土」 전문

이 시에서 시인은 풍경의 압도 앞에서 "여기가 그토록 갈망하던 정토인가!"라고 감탄한다. 그런데 이어지는 진술이 중요한 지점을 지적해 준다. "고즈넉한 사위四圍에 스미어 나를 지운다/애초에 풍경만 있고 나는 없었음을"이라는 구절이 그것이다. 정토는 그저 좋은 풍경에서 찾아지는 것이 아니라, 자아가 나를 내려놓는 경험에서 열린다. 다시 말해 정토는 장소의 특권이 아니라, 자아의 위치가 바뀌는 순간 생겨난다.

이런 정토의 현재화는 절집 밖에서도 일어난다. 「재래시장에서 만난 관음보살」은 이 시집 전체의 윤리적 정점을 찍는 작품 중 하나다.

재래시장 어귀 몇몇 난전, 구겨진 신문지를 펴고 두 발

뻗고 앉아 더덕을 까는 할머니, 한 됫박씩 담긴 곡물 몇 가

지와 푸성귀 네댓 가지가 전부인, 반 평 남짓한 난전이 그

녀의 법당이고 깔고 앉은 종이상자가 연화대라

〈

침식당한 눈가의 깊은 여울에서 어짊을, 나무껍질 같은
손등에서 덕을, 고봉으로 담아진 됫박에서 인정을, 종이상
자 줍는 노인에게 덜어 내주는 배추포기에서 자비를, 덤으
로 얹히는 안부가 찬불가요 조곤조곤 건네는 덕담이 경전
이거늘

누구에게나 있는 눈물 그녀에게도 있었으니 좋은 옷 한
벌 입어보지 못하고 앞서간 영감 불쌍하다고 한 잔, 젖배
곯아 무시로 병치레하는 아들 내 탓이라고 한 잔, 주름 깊
은 눈에 눈물이 섧고

법문하는 큰스님처럼
할머니는 곁에 앉아 졸고 있는 강아지 머리 쓰다듬으며
연신 구시렁거린다
네가 불佛이다
네가 불㐀이다

- 「재래시장에서 만난 관음보살」 전문

시인은 재래시장 난전의 할머니를 보고 그들의 생활
터전인 좌판을 "그녀의 법당" "연화대"로 명명한다. 그리
고 할머니의 몸짓에서 어짊·덕·인정·자비를 읽어낸다.
그리고 내린 "네가 불佛이다/네가 불㐀이다"는 결론은 단

호하다. 이렇듯 정토는 산사에만 있지 않다. 시장 바닥, 구겨진 신문지 위, 더덕을 까는 손에도 있다. 김진수 시인이 말하는 불교는 고매한 관념이 아니라 생활 속 자비의 해석학이라 할 수 있다. 「안녕의 도량」에서도 같은 사유가 나온다. "빗살무늬 사이로 내리는 한점 볕뉘, 화엄 정토가 여기로세"라는 대목은 거대한 계시가 아니라 "한점 볕뉘"가 정토를 연다. 정토는 대단한 사건이 아니라, 감각의 미세한 전환을 통해 획득된다는 것이다.

또한, 정토는 삶의 실천을 통해서 구현된다.

'남 해코지 말고 살어, 악한 끝은 없어도 선한 끝은 있는

거여'

가끔은,

발가락 사이 티눈 같았던

그 끝 모를 소리

입버릇처럼 달고 다니시던

어머니, 너무 멀리 왔습니다!

더는 멀어지지 말라 한 번 더 이르는

종소리 길게 꼬리를 늘이는

    -「멀어진 마음 불러들이는」 부분

이 시에서 범종 소리가 전하는 말은 결국 어머니의 말이다. "'남 해코지 말고 살어, 악한 끝은 없어도 선한 끝은 있는 거여'"라는 어머니의 말은 불교의 교리가 관념으로만 존재하는 것이 아니라 생활 속에 녹아들어 있는 깨달음의 언어여야 한다는 점을 잘 말해준다. 바로 그 언어 속에 시인이 찾는 정토가 존재한다는 것이다. 이렇듯 이 시집에서 불교는 교리의 언어로만 존재하지 않는다. 시인에게 있어 불교적 사유는 생활 윤리의 말투로 스며 있다. 어쩌면 시인에게 시 쓰기란 그 말을 찾기 위한 고행의 길이기도 하다.

5. 맺으며

김진수의 시집 『닿은 연만으로도 한 생이 환하겠다』는 "그저, 오방색이 좋을 뿐"이라는 시인의 말처럼, 불교적 세계관을 거창한 교리로 세우기보다 색과 촉감, 사물의 표정으로 끌어와 감각적으로 그것을 증명하는 시집이다. 이 시집 속에서 시인은 산사와 그곳의 풍경, 절집의 단청, 돌과 나무와 물을 지나며 무엇인가를 설명하기보다 몸으로 알아차리는 쪽에 더 가까이 있다. 그래서 이 시집은 순례기처럼 보이지만 실제로는 감각의 수행록

이며, 더 정확히는 "닿는 연緣"이 어떻게 한 생을 밝히는 지에 대한 집요한 실험이다.

이 시집을 읽는 동안 독자는 자주 "왜 이렇게까지 낮은 자리에서 말하는가"를 느끼게 된다. 김진수의 시는 화려한 언어로 독자를 압도하기보다, 한 번 더 고개를 숙이는 쪽을 선택한다. 손을 모으는 행위, 비손의 자세, 문살 사이로 스미는 빛, 비켜앉은 자리 그리고 눈먼 물고기가 되는 자조적 상상까지. 이 낮음은 자기비하가 아니라, 세계를 함부로 결론 내리지 않기 위한 윤리적 자세다. 세상에는 밝은 빛만 있는 것이 아니라 "극락도 속세처럼 빛이 닿지 않는 곳"이 있고, 신성함도 언제나 정면에 앉아 있지 않으며 때로는 "서쪽으로 비켜앉"아 우리가 가진 확신을 무너뜨리기도 한다.

그래서 시집을 덮고 나면 남는 것은 교훈이 아니라 여운이다. 범종이 밤새 품었다가 새벽에 풀어놓는 소리처럼, 이 시집도 독자의 마음 안쪽에 무엇인가를 오래 숙성시키는 방식으로 작동한다. 결국, 이 시집의 제목이 말하듯, 인생을 바꾸는 것은 거대한 계시가 아니라 "닿은 연만으로도" 가능한 작은 밝음이다. 손가락을 다 벌려도 가늠되지 않던 적막의 두께를, 문틈과 이슬 사이를 더듬으며 견디는 시간, 그 시간이 한 사람의 내면을 조용히 환하게 만든다.

상상인 시선 070

닳은 연탄으로도 한 생이 환하겠다

지은이 김진수

초판인쇄 2026년 1월 5일 **초판발행** 2026년 1월 8일

펴낸곳 도서출판 상상인 **편집주간** 황정산 **펴낸이** 진혜진

표지디자인 최혜원 **기획·마케팅** 전은빈 최유림 노혜림 정현수

책임교정 오 늘 **편집** 세종PNP

등록번호 제572-96-00959호 **등록일자** 2019년 6월 25일

주소 06621 서울시 서초구 서초대로74길 29, 904호

전화번호 02-747-1367, 010-7371-1871

팩스 02-747-1877 **전자우편** ssaangin@hanmail.net

ISBN   979-11-7490-039-5 (03810)

값 12,000원

* 이 책은 전부 또는 일부 내용을 재사용하려면 반드시 저작권자와 도서출판 상상인의 동의를 받아야 합니다.

* 이 도서의 국립중앙도서관 출판시도서목록(CIP)은 서지정보유통지원시스템 홈페이지(http://seoji.nl.go.kr)와 국가자료공동목록시스템(http://www.nl.go.kr/kolisnet)에서 이용하실 수 있습니다.